COLLECTION FOLIO

Éric Faye

Le syndicat des pauvres types

Gallimard

Les citations du « grand livre » d'Antoine Blin sont extraites de l'ouvrage *Les Origines — La nostalgie des commencements*, de Trinh Xuan Thuan, Librairie Arthème Fayard, 2003.

Éric Faye est né à Limoges en 1963. Il travaille aux bureaux parisiens de l'agence Reuter. Auteur de romans et de nouvelles, il a publié, entre autres, *Croisière en mer des pluies* (1999), *Les cendres de mon avenir* (2001), *La durée d'une vie sans toi* (2003) et *Mes trains de nuit* (2005), L'homme sans empreintes (2008).

Aux passants anonymes

Je n'ai rien demandé à l'existence d'extraordinaire. Je n'ai demandé qu'une seule chose. Elle m'a toujours été refusée. J'ai lutté pour l'obtenir, vraiment. Cette chose, mes semblables l'ont sans la chercher. Cette chose n'est ni l'argent, ni l'amitié, ni la gloire. C'est une place parmi les hommes, une place à moi, une place qu'ils reconnaîtraient comme mienne sans l'envier, puisqu'elle n'aurait rien d'enviable. Elle ne se distinguerait pas de celles qu'ils occupent. Elle serait tout simplement respectable.

EMMANUEL BOVE

0

Une sortie à tout ça

Cette fois-ci, presque personne n'a répondu présent. Une averse cinglait le pavé. Lorsque tu avais été inhumé ici même au Panthéon, six mois plus tôt, c'était foule et franc soleil pour toi seul, Antoine. Aujourd'hui, ils ne sont pas venus plus de douze pour ton exhumation, pas plus de douze pour ton transfert dans le cimetière de ta banlieue natale. Que l'oubli retombe sur toi… L'oubli avait été ton berceau, était resté longtemps ta bauge de mâle adulte, alors reviens vite en lui, qu'il soit enfin ta vraie tombe…

Six mois : ton bail d'immortalité était échu. Je les ai observés de loin, les douze, quand ton cercueil a surgi de l'arrière de la crypte comme en catimini, avant l'heure où commencent les visites. Ils t'ont hissé à l'arrière d'un corbillard gris cendré. Le cérémonial a été bâclé en un temps record et la pluie a renvoyé chacun à sa voiture. Ils t'ont suivi et je les ai suivis te suivant jusqu'à ta banlieue.

Tu étais entré par la grande porte de ce Panthéon qui t'expulsait aujourd'hui par son anus mon pauvre ami, mon cher ami, après un semestre de digestion lourde. La mort t'avait admis en elle en t'ouvrant belle et grande sa gueule noire, elle t'avait fait l'honneur de ses crocs acérés. Demain, un autre élu triompherait, viendrait puer à ta place dans les entrailles du léviathan. Tu savais tout cela de ton vivant, Antoine Blin, tu l'avais accepté, avais même signé d'un air rayonnant ; on aurait dit, ce jour-là, que tu avais gagné, comme tous tes congénères un jour ou l'autre, un séjour d'une semaine sous les tropiques, et j'avais eu le cœur serré en te voyant.

Au cimetière, j'ai attendu que leurs salamalecs prennent fin sans me mêler à eux. Dans les films de série B, lors des scènes d'enterrement, un homme reste toujours à l'écart, déambule entre les tombes jusqu'à la fin de la cérémonie puis se recueille devant l'enterré une fois les autres partis. Ils n'ont pas été longs : la pluie, le vent, le froid. Ensuite seulement, quand ils ont eu refermé ta boîte, puis le portillon de ce champ de boîtes, je me suis avancé vers toi que j'avais refusé d'aller voir au Panthéon. Quoi ? Tu t'en étonnes ? Te voilà redevenu celui que tu n'aurais pas dû cesser d'être, avec la pâte humaine dont on aurait fait de l'or si tu ne t'étais pas jeté dans la gueule du loup. Il paraît, Antoine, que la balle qui t'a projeté dans cette immortalité à quatre sous t'a atteint dans le dos et l'enquête a conclu que tu n'avais pas vu ton assassin. Probablement, durant les six mois où tu t'es éternisé dans la crypte, au côté des grandes pointures de ce monde, t'es-tu demandé dans quelle mesure celui qui tenait l'arme à feu, ce n'était pas moi…

Ils avaient encombré ta pierre tombale de couronnes volumineuses et de pots de fleurs avec slogans et dédicaces, des épitaphes comme « À un pionnier », « À Monsieur tout-le-monde », j'en passe. La mienne n'avait pas été oubliée. J'avais de la chance, elle se faisait discrète derrière toutes les autres, et c'est là, à côté d'elle, masqué par le bosquet d'hommages qui avait poussé en quelques minutes sur ta pierre, que j'ai déposé ce que je t'avais apporté faute d'avoir pu le glisser près de toi, dans ta longue boîte. Tout ça durerait le temps que ça pourrait ; ensuite…

Ensuite, la pluie s'est arrêtée et j'ai remonté les allées sans fin, un jour la planète sera quadrillée d'allées bordées de monuments funéraires, et j'ai eu de la chance de trouver encore la sortie à tout ça.

I

L'honneur des pauvres types

Nous sommes certains qu'il se nomme Antoine Blin et qu'il ne s'agit pas d'un pseudonyme. Antoine Blin appartient à cette majorité écrasante de la population qui ne recourt jamais à un nom d'emprunt et ne saurait en concevoir un qui sonne pour l'éternité. À son médecin généraliste, qui lui demande ce qui l'amène, généraliste avec lequel il n'a jamais été véritablement en confiance, Antoine se met à parler de l'odeur. N'est-il pas venu pour ça ? « Je sens, docteur. Quoi que je fasse, je sens, même en sortant de la douche. » Le médecin relève la tête vers son patient, en quête de précisions ; le regard oblique, il cherche à gagner du temps. « Vous sentez ? » Son interlocuteur comprend qu'il n'est pas pris strictement au sérieux mais s'obstine. « Je n'arrive pas à me défaire de cette odeur. Cela fait des semaines. J'ai essayé tous les déodorants possibles. Quand je me pulvérise, ça se mêle à mon odeur et produit quelque chose d'insupportable, au point que j'en ai la nausée. Je suis désolé d'aborder ces détails devant vous, docteur. » Entendant ces mots, le praticien abonde dans le sens de son patient, qui a bien fait de consulter. « Mais comment ! Vous êtes venu pour ça ! Étendez-vous que je vous examine. »

Tout bien pesé, ce n'est pas qu'elle lui déplaise, cette odeur. Il s'y est habitué, petit à petit, et pourtant impossible de la définir. S'il était seul sur Terre, probablement l'aimerait-il. À la réflexion, s'il était seul, il ignorerait que les autres ne sentent pas pareil et ne se poserait pas de questions. Il ne sait plus à quel moment elle est apparue ; qu'avait-il fait de particulier au bon Dieu, ce jour-là ? Les premiers temps, il se changeait tous les jours de pied en cap et se nettoyait énergiquement, rien à faire. Peut-être l'odeur l'a-t-elle toujours accompagné, aussi sûr qu'il a une ombre depuis la naissance. Peut-être, simplement, pour une raison qu'il ne comprend pas, n'a-t-il pris conscience de sa présence que ces dernières semaines. Dans le cabinet médical où il a honte, on ne peut pas dire qu'elle soit forte, elle se tapit mais il redoute qu'un mouvement de sa part, même atténué, ne la répande. Allongé la poitrine dénudée, puis assis, respirant à fond, toussant, il observe à la dérobée le médecin durant le rituel de la prise de tension et du pouls, ne quitte pas des yeux le nez de l'autre, qui a dû en voir d'autres. Comme il aimerait déceler une dilatation furtive de ses narines, déterminer s'il ne sent pas à son tour ce que lui sent... Oh, il serait si simple de lui demander s'il n'a pas remarqué, n'est-ce pas, demander s'il trouve ça supportable et quelles pensées cela éveille en lui, partager enfin un sujet dont il n'a osé parler à personne, mais par respect le voici qui s'abstient, et puis sa bouche est si proche du visage doctoral, il redoute que son haleine... Inutile de s'aliéner celui qui détient peut-être et la clé de l'énigme, et son remède. « Ouvrez la bouche, s'il vous plaît. Non, grand. Complètement. Encore. Là. Merci. » Blin blêmit, mais peut-être doit-il en passer par là pour que l'autre prenne toute la mesure de la situation. Pourtant, ce n'est guère par la bouche que se propage ce qui l'obsède, cela sourd de la peau, comment dire. Cela vient d'à peu près partout.

Le médecin a regagné son bureau. « Vous allez à la selle ? » Le patient met un certain temps à se représenter qu'on lui demande si ses excréments sont conformes, évacués à intervalles réguliers. C'est qu'il a de la pudeur, et la seule selle qui lui vient à l'esprit, dans l'immédiat, est celle du cheval, et son esprit confus associe cheval à remède. « Oui », dit-il dans un souffle à peine audible. Le médecin l'observe pensivement, avec le sourire dolent et poli de qui aimerait voir cet entretien non seulement achevé mais déjà oublié à jamais. « Et votre régime alimentaire ? Est-il complet, ou avez-vous des préférences, un déséquilibre peut-être gênant pour votre… » Il considère Blin d'un air dubitatif et termine : « … organisme ? » Cette fois-ci, Blin fait une réponse négative. Il mange de tout, et aussi des légumes, des fruits. Poussé dans ses derniers retranchements, le médecin évoque la température inhabituelle et la sudation, et pas seulement des pieds, ce que Blin conteste mollement, tout a commencé selon lui avant cette chaleur, ou alors au début, quand ce n'était pas accablant. Silencieux, le toubib se réfugie dans la rédaction de l'ordonnance. Comme il sait son écriture indéchiffrable, il relit en articulant d'une voix lasse. Quelque part au-delà du cabinet aux contrevents clos, une pendulette égrène cinq coups. Un ventilateur bourdonne. Quelques cachets pour des problèmes gastriques car sinon, il ne voit pas, à prendre le soir dans un grand verre d'eau. Et maintenant, le médecin se lève et tend au patient une main humide.

Sur l'asphalte chauffé à blanc, Antoine hésite. Très haut, des migrateurs craquettent en V. Que font-ils donc dans un ciel d'été ? Soudain, ils changent de cap. Brièvement, leur V se transforme en L. Prendre sur la droite et rentrer chez lui ? Antoine jette un regard vers la gauche. On lui a dit qu'au bout de ce boulevard sans fin, au-delà du rond-point, il suffit de remonter une avenue pour aboutir à un hypermarché qu'il ne connaît pas mais dont il sait qu'ils ont « beaucoup plus de choses qu'ailleurs » : voilà qui donne à réfléchir et il songe à la profusion de déodorants en vente dans cet éden. Là-bas l'attend peut-être *celui* qu'il n'a pas encore testé et qui pourrait, mais ne rêvons pas. Ne rêvons pas, se sermonne-t-il, et puis le soleil est encore si haut ; il ne baissera qu'à l'heure où la grande surface ferme. Il faudra pourtant bien trouver moyen de l'atteindre un jour mais provisoirement, il diffère son équipée. Tout de même, la canicule connaîtra bien une fin... Il paraît que de trop marcher, ces temps-ci, des asthmatiques ont succombé et Dieu sait, pourtant, s'ils avaient été prévenus.

Antoine Blin cesse d'hésiter et renonce. Cesser d'hésiter procure un soulagement net. Il essuie la sueur d'un revers de main sur son front souillé : la moindre poussière colle et il grimace. Ses pas le reconduisent vers chez lui, par le trottoir à l'abri du soleil, à une lenteur qu'en hiver, on ne croirait pas possible. L'hypermarché sort de ses pensées. Notre homme note en lui une once de dépit. Le toubib n'a rien réglé. Qu'a-t-il à faire des inquiétudes olfactives d'un type comme lui ?

Or il n'a pas le courage de rentrer pour l'instant. Cinq étages, par cette chaleur. Il s'autorise un crochet par le square, à cette heure de l'après-midi il arrive qu'un banc soit vide et il aime s'asseoir là-bas. Enfin, il « aime »... Il faut bien être quelque part.

Il s'est penché à une fontaine Wallace et boit à longs traits de l'eau dite potable. Providence ! Un banc est libre plus loin sous le catalpa, arbre qui fournit la meilleure ombre par ici. Ce n'est pas qu'il dédaigne la compagnie des autres mais il craint que l'odeur ne se remarque et que, par une association d'idées, un autre se dise Ce type ne se lave pas. Or Antoine Blin se lave plus que la pire des femmes au foyer.

Seul, il se sent enfin bien. Des minutes passent, puis d'autres. C'est l'heure où la température est à son apothéose, où le soleil donne le meilleur de lui-même : on dirait qu'il passe un entretien d'embauche. Les paupières battent jusqu'à ce que les yeux se ferment sur des digestions laborieuses. Bientôt, il somnole. Combien de temps ? Il doit avoir le sommeil léger car un événement dérisoire l'éveille au beau milieu du square et d'un songe : il vient de passer comme un souffle d'air. Rien de sérieux, et c'est déjà fini. Il s'en veut d'avoir loupé ça. Quelques secondes de brise légère parodiant la fraîcheur, cela n'était pas arrivé depuis des semaines. Cet air peut donc *bouger*. Antoine Blin blêmit. Brusquement, il lui est revenu en mémoire qu'avant tout ça, avant la moiteur, la pesanteur, la puanteur et tant d'autres choses en *eur*, longtemps auparavant il avait joué avec ardeur à un jeu appelé la vie et ce souvenir fait mal quand on le réveille aussi brutalement. Par chance, la brise est retombée.

Antoine les observe. Seuls ou en couples, les autres passent sans le remarquer. Il se rassure, aucun ne tourne la tête vers lui en passant au large du banc, c'est donc qu'ils ne remarquent rien, cela soulage de le savoir, même s'il sent toujours, il le sait. Oui, il observe, s'amuse, savoure des décolletés lointains comme des astres. L'heure tourne un peu. Antoine aime ces instants particuliers : dès qu'il se sent en confiance, il se met à parler tout seul. Il s'adonne à son passe-temps favori, ne penser à rien, mais rien du tout, quand soudain approche un individu qui ralentit. L'individu, qui a froncé les sourcils, le dévisage de biais. Blin fait mine de n'avoir rien aperçu. L'homme a passé son chemin.

Le tout n'a duré qu'une ou deux secondes mais il ne pense plus qu'à cet incident. Il n'y a pas une minute, il se disait encore que cette brise éphémère avait peut-être chassé momentanément son odeur et qu'ici, à l'ombre du catalpa, il ne suait plus à grosses gouttes : la circonférence des gouttes avait dû diminuer et son odeur d'autant. Il se disait tout ça, traversant une jolie poche de quiétude et s'adonnant à des certitudes revigorantes... Il avait même réussi à fixer une femme droit dans les yeux, sans ciller, comme il aurait aimé le faire pour ses vingt ans. L'individu s'éloigne maintenant d'un pas égal. Antoine Blin n'oubliera pas de sitôt cette silhouette et ce visage. Il cesse de regarder dans sa direction, par crainte de voir l'autre se retourner et de croiser ses yeux. Désormais, il ne souhaite que rentrer chez lui, tant pis pour la chaleur de la cage d'escalier, dans laquelle il s'engage. Et la nuit n'est plus bien loin. D'ici là, tout de même, cinq étages à gravir, qu'il gravit, puis quatre heures à tuer avec le choix des armes : première chaîne, deuxième, troisième ; grâce au nouveau bouquet, Blin en totalise trente-sept. Sa préférence va vers le seul canal gratuit, la fenêtre sur cour, derrière laquelle la colonne bleue d'un thermomètre lui signale qu'il fait un peu moins de quarante. Si seulement la fièvre du monde retombait… Se doucher, avant de dîner. Il va pour se doucher, quand on sonne à la porte. Vu l'heure, il présume une erreur ou un démarcheur. Déjà, il avance à pas de loup en direction du judas contre lequel il colle un œil noir, mais la pénombre du couloir l'empêche de reconnaître qui que ce soit.

— Oui ? Qui est-ce ?

— Monsieur Blin, mon nom ne vous dira absolument rien. Je m'appelle André Denner. Nous nous sommes croisés tout à l'heure, au square. J'aurais à vous parler personnellement, si vous voulez bien m'accorder quelques instants.

Antoine Blin ne répond pas. La curiosité qui monte en lui va l'emporter sous peu. Il va ouvrir, reconnaître l'individu qui a marqué un temps d'arrêt et s'est tourné vers lui. Comment son odeur, se dit-il, a-t-elle pu pousser quelqu'un à monter chez lui, si haut, par cette chaleur ? Oublie ça. Qu'il entre. Laisse-le parler, permets-lui de s'asseoir et fais mine d'être aimable, il vient de gravir cinq étages, et sers-lui, non, propose-lui un verre.

— Vous êtes bien Antoine Blin, né le 30 juillet 1962 ? Je n'ai rien à voir avec la police, rassurez-vous. Je ne suis ni huissier, ni détective, ni agent d'assurances. J'ai simplement à vous parler. Vous permettez ?

— Faites, entrez... Je n'ai pas beaucoup de temps pour vous, je dois aller travailler bientôt.

— Vous êtes ?

— Employé des Postes, au tri. J'y vais tard, le soir. Vous voulez un verre d'eau, une bière ?

— Ce n'est pas de refus. Une bière suffira, merci.

— Asseyez-vous.

Deux hommes s'observent. Antoine voit depuis un certain temps le début de sa quarantaine fuir, l'autre doit la voir approcher.

— Je m'excuse de faire intrusion chez vous, monsieur Blin. En vous voyant sur le banc, tout à l'heure, je vous ai reconnu.

— Reconnu ? Votre visage ne me dit rien mais ma mémoire, ces temps-ci... Où donc... ?

— C'est une image, seulement une image, monsieur Blin. Je vous ai reconnu comme faisant partie des nôtres. Voilà. *Nous autres*, lorsque nous rencontrons quelqu'un comme vous, comment vous dire... Nous cherchons intuitivement quel enfant il a pu être dans la cour de l'école, avec encore en lui les espoirs, les émerveillements qu'il perdra un à un. Nous remontons avant la catastrophe. Avant le moment où Mozart a été assassiné, vous me suivez ? Quand l'enfant croit encore en lui. À ses chances, sans imaginer qu'à son âge, la plupart des portes sont déjà closes. Je sais, Mozart ne se laisse pas assassiner en un jour. Il meurt par empoisonnement lent, continue d'agoniser en nous toute la vie. Mais comprenez-moi bien, écoutez et ne vous offusquez pas. Vous êtes, comme moi, un *pauvre type*. Nous sommes des pauvres types et avons tout intérêt à unir nos défaites respectives pour tenter de vivre malgré tout. Si nous acceptons de regarder la réalité en face, si vous acceptez de le faire dès aujourd'hui comme je l'ai fait il y a un certain temps, vous changerez. Vous ne serez plus seul à seul avec le mépris des autres, des riches, des bluffeurs, des bien-pensants et de ceux qui ont le cul bordé de nouilles, n'est-ce pas. Je vous le dis en face, là, vous êtes un pauvre type, et vous ne répondez rien. Vous ne me flanquez pas dehors. Vous ne rougissez pas. Vos poings ne se serrent pas. Vous pourriez exiger des excuses, m'envoyer un pain dans la gueule ; je suis tout de même venu vous insulter chez vous, dans votre seul espace de tranquillité, où le salariat et la hiérarchie vous foutent à peu près la paix. Et je remets ça, écoutez bien : Vous êtes un pauvre type, Antoine Blin. Vous n'avez pas réagi, vous ne cillez pas. C'est à croire que vous saviez ce que je vous dis. Vous comprenez que je ne suis pas venu vous insulter, que je suis là pour tout autre chose.

Antoine Blin ne cille ni ne bronche. Et l'odeur ?

— Je ne suis pas là non plus pour vous vendre quoi que ce soit. Nous sommes là pour faire corps. Nous défendre. Faire face, front, vous comprenez. Nous nous entraidons moralement, matériellement. Nous voulons être réhabilités et plus nous serons nombreux, plus ce sera facile. Peut-être avez-vous déjà entendu parler de nous... ? Non. C'est normal. Nous avons à cœur de ne pas occuper le devant de la scène. La discrétion est notre mot d'ordre. Notre syndicat a été fondé par Alfred Torsvan, dont vous entendrez parler souvent chez nous. Un gars comme vous et moi, qui errait dans l'existence, qui ne savait pas quoi faire de lui, méprisé ouvertement ou secrètement par la société. Et puis un jour, le gros lot.

— Le Loto ?

— La loterie, nationale. Notre drame à tous est devenu sa chance. Généreux, mal à l'aise à l'idée de se détacher tout d'un coup du lot, Alfred Torsvan pense alors aux autres, à tous les pauvres types comme lui laissés sur le bord de la route, et lui vient un jour l'idée de cette association, de cette « Croix-Rouge pour pauvres gars », comme il la définit. Il décide de fonder une société philanthropique. Nous voulons être réhabilités ensemble. Nous demandons une seule chose à ceux qui viennent à nous : la reconnaissance noir sur blanc, par écrit, de leur condition de pauvre type. Voilà ce que je suis venu vous proposer, mais prenez votre temps. Je vous laisse ma carte, avec l'adresse, le téléphone où vous pourrez me joindre à tout moment de la journée.

Il la pose sur la table, devant lui, bien en évidence. Antoine Blin joue les placides mais lorgne une fraction de seconde sur le petit rectangle. C'est lui qui parle, maintenant :

— Et comment m'avez-vous *reconnu*, comme vous dites ? Qu'est-ce que ça veut dire ?

Quand il avait ouvert la porte, Antoine avait eu l'impression que l'autre *sentait lui aussi*. Oui, tout le monde sent par ce temps, mais ce gars-là ne sent pas comme un homme qui sue, c'est différent. C'est très particulier. Voilà ce qui l'a remué, plus que les propos de l'autre sur sa condition, au début. Mais cette odeur s'est dissipée ou diluée dans la sienne et il n'est plus vraiment sûr que l'autre… Voilà pourquoi il l'a écouté avec attention et ne veut pas le lâcher tant qu'il n'a pas lâché le morceau. Voilà pourquoi il lui répète : Qu'est-ce que ça veut dire ? Peut-être, un des cinq sens de Blin s'est-il affiné ces dernières semaines. On dit souvent qu'un aveugle se met à entendre plus finement, ce sont les vases communicants, mais ici, dans notre cas, rien d'un phénomène comparable. Quoique le toucher… À quarante-quatre ans bien tassés, Blin se dit qu'il capte des *ultra-odeurs* (comment les appeler ?), que jusque-là… Oui, répète-t-il à l'autre, comment avez-vous fait pour me reconnaître ? Reprenons : vous veniez de l'entrée du square côté rue des Peupliers, j'étais assis sur le troisième banc, celui du catalpa, et vous êtes passé à ma hauteur.

— Ce que vous me demandez est peut-être le plus délicat à expliquer. Je ne me retrancherai pas derrière le secret professionnel. Appartenant moi-même à la catégorie des personnes que je recherche, je dois humblement reconnaître que j'ai une certaine prédisposition, c'est tout.

— Vous êtes passé à mon niveau. Qu'est-il

alors arrivé ? Répondez-moi, je dois savoir. Vous avez dit que vous m'aideriez. Et puis, si vous m'avez remarqué tout à l'heure, comment se fait-il que vous connaissiez mon identité, ma date de naissance ? ?

— Je ne peux pas être plus précis, je vous l'ai dit : un certain flair, peut-être. J'ai senti quelque chose.

— Senti ? Vous avez senti une odeur ?

— Une odeur ? Le visiteur marque un temps d'arrêt, les sourcils arqués. Pourquoi parler d'odeur ?

— Vous pourrez m'aider, vous l'avez dit, n'est-ce pas ?

— Nous sommes là pour ça.

— Pour mon odeur, pensez-vous pouvoir faire quelque chose ? Vous savez, je ne vis plus.

— Nous sommes là pour réapprendre à vivre malgré tout. Tout ce que nous pourrons…

Le visiteur consulte sa montre et une exclamation lui échappe. Il doit y aller.

⋆

Par la fenêtre, Antoine Blin le voit émerger de la cage d'escalier, hésiter dans la cour puis prendre par le porche, vers la rue. L'appui de la fenêtre brûle encore, bien que le soleil soit couché depuis longtemps. La nuit tombe. Il a écouté le visiteur comme en état d'hypnose, dans des minutes et des quarts d'heure élastiques qui ne ressemblaient pas à ceux de la vie. Il considère sa main, promène le nez le long de son avant-bras puis s'aventure vers les aisselles. Se doucher. Ensuite, la peau rougie d'avoir été frottée, poncée, briquée, lustrée, il dîne. Des bribes d'une chanson parviennent jusque chez lui... *Sans compter sur mes jours qui fuyaient dans le temps*... Il préfère manger froid. Réchauffer un plat ferait monter la température. Les restes de la veille suffiront. Prendre des forces avant le travail de nuit. Trier... *J'ai fondé tant d'espoirs qui se sont envolés.* Blin se lève et ferme la fenêtre pour écouter les titres du flash de vingt-deux heures, qu'il ne rate jamais. *L'homme*, croit entendre l'auditeur. *L'homme à la fin de cette journée n'est pas plus avancé sur lui-même...* Antoine secoue la tête. *L'homme qui avait déversé des produits toxiques dans l'usine de traitement des eaux, à L., a été appréhendé à cinquante kilomètres de là. Attention, demain, au niveau d'ozone dans les grandes villes et dans les forêts. Le seuil de 180 microgr...* Avant de partir, une seconde douche, vite fait, sans se savonner. Des jours qu'elle n'est plus froide si ce n'est quelques secondes, au début. Tiédasse. Blin aperçoit son sexe ratatiné, replié sur lui-même. Il lui rappelle un reportage sur les bébés phoques. Certains jours, c'est à craindre qu'il ne soit ingurgité, digéré par son propre ventre. Le mercure est repassé légèrement en dessous de trente-quatre quand il se rhabille. *On est toujours sans nouvelles du petit Émilien, disparu depuis maintenant soixante heures du centre où il était en colonie de vacances. Les enquêteurs ont passé le secteur au peigne fin. Rejoignons maintenant Pierre-Yves de la Jontière à Wall Street, qui vient de clôturer sur une note d'optimisme après deux jours de baisse. Alors, Pierre-Yves…* Blin place la carte du visiteur bien en évidence sur le réfrigérateur, à l'emplacement des choses importantes. Des semaines, peut-être des mois qu'il n'y avait rien posé.

André Denner
Adhésions
Syndicat des pauvres types
49, impasse du Nouveau-Monde
poste : 51 59

II

Une nouvelle visite

Quand Antoine Blin achève une nuit de travail au centre de tri, sept heures sonnent et le soleil cuit les mansardes sous les tuiles. La terre, qui a connu un répit modeste, recommence à gercer. À se craqueler. Les chênes brunissent un peu plus. Au fond des rues subsistent des poches d'air respirable où l'on pourra vivre encore une heure, peut-être deux. Combien de temps s'est écoulé depuis la singulière visite ? Un matin, au sortir du travail, Antoine se résout à profiter de la « fraîcheur » avant que le chaudron se mette à bouillir. Il ne va pas boire un « double serré » avec ses collègues de l'équipe de nuit. Le sommeil l'attend dans la fournaise du cinquième étage et ces temps-ci, de toute façon, le sommeil ne vient qu'aux morts. Qu'importe une insomnie aujourd'hui, ce soir il ne repart pas trier, c'est week-end. Ce soir, un couple d'amis passera prendre l'apéritif et lui laissera les clés de l'appartement avant de partir en vacances. Non merci, c'est gentil, ils ne resteront pas pour dîner, ils ont tant à faire encore avant le décollage, et puis dîner, par cette chaleur.

À l'heure de la pause, au plein de la nuit, il a étudié avec soin le parcours à suivre. Le 94, maintenant, roule pratiquement à vide sans marquer d'arrêts. Il va le déposer près de l'impasse du Nouveau-Monde. C'est l'heure où les bus, ventilés, ont quelque chose d'océanique. On se souviendrait presque de voyages anciens, on en concevrait une robuste envie de déguerpir qu'il faut déjà descendre. Le voici à l'entrée de l'impasse. Un bar fait l'angle avec la rue des Corneilles, il a repéré une table libre au bord mais continue. Il n'a pas l'intention de, en fait il n'a aucune intention, sinon d'avancer en direction du numéro 58. Détailler les lieux. Quelle force l'a poussé jusqu'ici ? Il l'ignore. Le 58 bouche la voie. Aucun arbre ici, seulement du bitume. C'est encore le royaume de l'ombre. À croire qu'août ne bifurque jamais dans ce cul-de-sac et n'irrigue pas la ville jusqu'au bout de ses radicelles. Entrepôts et hangars ont été scellés le plus hermétiquement possible, jusqu'à la fin des congés annuels. Quelques bâtiments d'habitation se suivent, au pied desquels stationnent des voitures qui éperonnent un trottoir bas. Dans les derniers mètres de l'impasse, entre les pavés, des brins d'herbe se sont frayé un passage vers l'infini. Si on lui avait donné ne serait-ce que cinquante mètres, cent mètres de plus, l'impasse se serait ensauvagée. Elle aurait secoué sa carapace de pierraille pour redevenir un chemin de campagne, comme ses ancêtres. Antoine se retourne. Il n'aimerait pas qu'on remarque sa présence mais il est tôt, l'endroit est désert. Sur la carte de visite de Denner, il vérifie l'adresse une énième fois. Quarante-neuf : un immeuble de sept étages, plus élevé que tous les autres alentour. Avec son crépi granuleux sombre et des stores intérieurs fermés en prévision de la chaleur, il doit dater de ces temps — années cinquante, soixante — où le béton nappait des villes entières pour le confort et le bonheur des hommes. Il hésite, fait quelques pas. Ce n'est tout de même pas un piège, en plein jour, et même si Denner survenait derrière lui et posait une main sur son épaule, il ne fait rien de mal. Encore quelques pas. Il pourra toujours objecter qu'il n'a pas pris sa décision, il passait dans le quartier et il s'est dit... Allons, Antoine Blin, il est encore si tôt partout. L'entrée est large, surélevée par un perron en ciment. Clouées sur la droite, plusieurs plaques noires aux lettres dorées annoncent au visiteur : aux premier et deuxième étages, les services consulaires d'un pays dont il n'a jamais entendu parler, une étude de notaire au rez-de-chaussée, Maître

A. Seyrac. Enfin, sur la plaque la plus sobre, ces initiales :

S.P.T.

Antoine Blin glisse un œil à travers la double porte en verre fumé pour apercevoir à l'intérieur, supportant deux plantes, un bureau très long en Formica blanc cassé. Formica… Comment un seul mot peut-il réveiller si vite l'image de la cuisine de ses parents naguère, quand il était immensément jeune, en des temps où le béton, oui, nappait des villes entières pour le confort et le bonheur des hommes ? Ce *Syndicat des pauvres types* a donc bel et bien un siège… Il titube un tantinet sur le perron, puis recule, recule. Le SPT doit occuper les quatre derniers étages de l'immeuble, qu'on a dû assembler pan par pan en découpant un ciel de novembre, il y a quarante ans. Blin se réfugie à l'intérieur du café, en retrait du trottoir, à l'écart du comptoir : dès que son inquiétude augmente, il se met à sentir plus fort, le remarque aussitôt et s'en irrite. Discrètement, il porte deux doigts à son nez, puis ses avant-bras. Quelques clients, des ouvriers en bleu, sont soudés au comptoir car, expliquent-ils arguments à l'appui, tout est fermé pendant cette *période de merde*, il faut marner avant de trouver un bistro en état de marche.

Bientôt, huit heures quinze. Plusieurs personnes sont entrées dans l'impasse et des automobilistes se sont garés. D'où il est, Blin n'en aperçoit pas l'extrémité. Il aurait pu tenter d'engager la conversation avec les gars au comptoir mais ils règlent et saluent bruyamment, partent au taf, l'heure c'est l'heure. La chaleur oblitère ce qui subsiste de volonté. L'envie de dormir se fait parfois envahissante, jusqu'à engourdir toute réflexion. Interroger le serveur sur l'impasse, ont-ils pour habitués des gens de là-bas, au fond ? Blin repartira avec ses questions en poche. Août assoupit drôlement tout ça, les habitations et leurs passagers, qui ne savent plus à qui en vouloir d'être si mollement, si peu. La ville entière tire ses rideaux, abaisse ses volets coulissants, se laisse chauffer à blanc une fois de plus et ses poutres craquent, les branches des parcs se brisent d'un coup et ça empirera demain, à croire qu'un forcené jette sans cesse sur le soleil des bûches ou des pelletées de charbon jusqu'à ce que, la nuit tombant, il s'endorme. Avec deux mois d'avance sur le calendrier, les feuilles se sont mises à tomber. On dit que c'est la vie.

Notre homme se lève. Foutre le camp d'ici... Certains arrivent à pied, d'autres en voiture. Vont-ils au 49 ? En retrait, il distingue mal l'impasse. Il n'est plus loin de neuf heures et plus on jette de bûches dans le brasier, là-haut, plus monte la colère d'Antoine. Si Denner se présentait, il serait capable de bondir, de le saisir par le col et de le rouer de coups, sur le pavé, là, de cogner sa tronche de rongeur contre n'importe quoi jusqu'à ce que son nez pisse le sang, parce que ce gars a débarqué chez lui un soir pour le traiter de pauvre type, avec toutes les formes de politesse ou de courtoisie imaginables, oui, posément, de manière réfléchie, comme une assistante sociale. Blin n'a jamais estropié personne mais là, mieux vaut qu'il déguerpisse. Denner aurait dû répondre clairement à sa question sur l'odeur, or son odeur plastronne déjà à cette heure du matin, plus insinuante qu'à tout autre moment de la journée. Jamais elle n'est aussi puissante que lorsque Blin est épuisé, le moins maître de lui-même. Est-il en plein travail, au creux de la nuit, elle se tient à carreau, sous les pores de sa peau, à moins que son esprit ne soit tellement accaparé qu'il en oublie de renifler son corps… Il finit par faire bon vivre dans ces heures-là entre deux et cinq, quand il n'est préoccupé que de classement, au poste d'aiguillage des courriers que le monde entier adresse au monde.

*

On dit que c'est la vie. Les maisons qui cèdent après l'assèchement des nappes, dans des hameaux dont on oublie le nom, ne sont pas seules à s'enfoncer. La volonté des hommes s'effrite, s'affaisse sans bruit et quelque chose se retrouve bancal en eux avec le passage des années, quelque chose qu'ils peinent à identifier, qu'ils identifieront longtemps après que leur destin aura été pris à l'intérieur du tourniquet des jours qui s'emballe, donne le tournis. Antoine Blin a repris le même bus, en sens inverse. Maintenant, sa colère est retombée, il a même quelques larmes. Il ne pense plus à Denner. C'est qu'il va passer à l'hypermarché, celui qu'il aurait voulu atteindre à pied, le jour de la visite. Le bus le dépose à proximité de ses galeries climatisées. Pour le soir, il doit acheter deux bouteilles d'apéritif et des gâteaux. Que boivent-ils, d'ailleurs ? Qu'aiment-ils donc, Ludivine et Franck ? Dans une zone du cerveau d'Antoine Blin, quelque chose s'est activé. Cela se traduit par un tressaillement de tout son corps. Il a peur de ne pas être à la hauteur, avec ses amuse-gueules et ses vins cuits. Qu'importe, ce ne sera jamais assez bien. Pourquoi le voient-ils encore ? Pour la garde de l'appartement, cet été ? Les plantes et l'aquarium, vérifier de temps en temps que la porte à trois points n'a pas été forcée. À la rentrée, quand ils auront récupéré les clés en le gratifiant d'un cadeau de là-bas, où ils auront vu des choses merveilleuses et rencontré des gens formidables, *si simples*, pour sûr ils le laisseront tomber. Lors de leurs deux derniers repas communs, il n'avait pas été commode d'atteindre le dessert sans traverser plusieurs silences prolongés. Il peut comprendre que maintenant ils aient mis le holà, limité leur passage au temps d'un apéro sympa. C'est précieux, le temps, a dit un jour Ludivine. Son panier à moitié plein, il remonte, hésitant, l'allée des déodorants. Peut-être est-il à deux doigts seulement de la perle rare. Mais où ? Ce soir, il ne doit pas transpirer. Il prétextera qu'il sort de la douche pour faire accepter l'excès de parfum, certains tiennent bon une heure, voire un peu plus, le temps d'un apéro sympa, le temps de n'avoir plus rien à se dire et de se souhaiter des vacances *super*. Antoine essaie de se remémorer leur itinéraire. Il se promet de lire à *Vietnam* dans le dictionnaire, avant leur arrivée.

⋆

Ils ne changeront donc pas. Bientôt vingt heures quinze, ils s'étaient annoncés entre dix-neuf heures et dix-neuf heures trente. Tu ne changeras pas non plus, s'autocritique Antoine Blin, avec ta pendule à la place du cœur... Laisse-les arriver quand ils peuvent, ce sont des amis. *Reconnaître que vous êtes un pauvre type, par écrit...* Et puis quoi ? S'excuser d'exister ? Site touristique le plus spectaculaire : baie d'Along. Mémoriser ça, *baie d'Along*. Bédalongue, répéter dix fois pour que ça rentre, ce n'est tout de même pas sorcier… En vain il lutte contre une pistache récalcitrante puis capitule et se dit, en se reprochant la grandiloquence de la sentence : toute ta vie est à l'avenant. Ce que tu accordes à cette pistache… Mais au-delà du simple amuse-gueule, quelque chose le tracasse. Dans la confusion de son esprit accentuée par la température, il est certain depuis quelques minutes d'avoir omis un élément primordial, lié à la soirée. Une chose qu'il s'était promis de faire ; il y avait pensé dès son réveil dans l'après-midi, il n'aurait pas dû s'accorder ensuite quelques minutes à lambiner au lit dans sa sueur, il a dû s'assoupir et l'idée s'enfuir… *le ministre de l'Intérieur a fait renforcer les mesures de sécurité des sites d'épuration des eaux. Des analyses seront effectuées à toute heure de la journée dans les bassins alimentant les grandes villes. Même si la menace n'a pu être authentifiée, la police la prend très au sérieux et entend ne pas lésiner sur les mesures nécessaires à la séc… crrr…* ***Car mes amours sont mortes avant que d'exister…*** *crrr…* Réception exécrable, une fréquence congédie l'autre et les craquements empirent. Un orage ? Tu rêves, Antoine… *toujours aucune nouvelle du petit Émilien. La police a relâché le principal suspect, mis hors de cause par plusieurs témoignages… Le ministre de l'Intérieur… dans les nappes phréatiques. Attention, demain, au soleil. Les ultraviolets…* Quand les piles seront mortes, se promet-il en diminuant le volume, tu ne les changes plus. *Dans le Sud, les incendies progressent sur un large front... Le ministre de l'Intérieur, pour rassurer et montrer la fiabilité des bombardiers d'eau, n'a pas hésité à effectuer...*

Antoine se lève alors et considère la cour par la fenêtre qu'il entrouvre quelques secondes. De toute sa vie, il n'a jamais souhaité autant la pluie, la vue d'un nuage. Hier, à la radio, on disait que des arbres se fendillaient, mouraient de soif en pleine rue. Des branches se brisent et chutent. Les arbres crèvent en été comme les mendiants gèlent en hiver.

Tout en bas, une femme traverse la cour avec deux paniers aux bras. Affaire de coiffure ou de corpulence, elle lui rappelle la caissière du matin même, à l'hypermarché. La caissière parlait à la cliente de devant, qu'elle semblait bien connaître. Oui, elle aussi attendait impatiemment le soir pour revoir *Rabbi Jacob*, où ils tombent dans le chewing-gum. La cliente, plutôt âgée, communiait d'abondance avec la caissière : « Ça fait du bien de rire, de temps en temps. On en a besoin. Moi aussi, je vais le regarder. » Blin aurait aimé parler à son tour à la caissière pas jolie ou à la vieille cliente. Il aurait aimé dire qu'il avait vu le film *dès* sa sortie en salle et que, s'il n'avait pas eu les amis du Vietnam avec leur aquarium, ce soir, il n'aurait pas lésiné, aurait franchi le pas à vingt heures cinquante, après la météo qui annonce soleil et drapeau vert.

Idiot qu'il est ! Il n'a pas encore allumé, l'obscurité va *les* faire sortir. Hier encore, en revenant à la fin de sa nuit, il en a dénombré sept, trois sur le flanc et quatre qui crapahutaient. L'hiver, c'est pire. Avec les jours qui raccourcissent, ils ne déguerpissent que tard le matin, s'aventurent tôt dans la pièce le soir, s'il n'y prend garde. Avec la chaleur étouffante et le foisonnement des odeurs, ils l'écœurent plus que d'habitude ces temps-ci. Il s'est empressé de faire la lumière et a tout juste pu en voir un filer sous le canapé. On dit qu'il ne faut jamais les écraser, parce que les œufs subsistent. Un autre, près de la table, gît pattes en l'air. Pourvu qu'ils ne sonnent pas tout de suite… Il prend la balayette et une boîte transparente prévue à cet effet et pousse la vermine à l'intérieur, referme, l'observe à travers avant de ranger la boîte. Avant d'emménager ici, il avait eu affaire à des cafards. Là, il ne sait pas. Ça ne lui dit rien et ne ressemble pas aux variétés les plus communes. Il confiera sa capture au concierge, dont le neveu étudie les sciences de la nature pour devenir chercheur. Pièce par pièce, il inspecte son deux pièces, lorgne vers le bas de la porte. C'est de là que sourd la menace, mais avec la lumière, rien à craindre. Les cancrelats ont pour base arrière l'appartement de la vieille d'à côté, qu'on a hospitalisée parce que l'asthme n'est pas conseillé par temps de canicule.

S'ils tardent encore (et maintenant, ses pensées reviennent à Franck et Ludivine), l'effet de la douche de dix-neuf heures sera complètement dissipé, l'odeur reviendra à la charge, il faudra remettre ça, savon, lotion, or l'air stagne, pas un souffle, autant dire que la pièce empeste le déodorant de l'hyper. Voilà qu'il a honte, non plus de l'odeur mais de ces milliers de particules vaporisées qui picotent les narines. Si seulement il pouvait ouvrir des deux côtés, or il ne le faut pas, l'air demeure compact et bouillant à l'extérieur.

Ils vont entrer. Leurs pas et leurs voix suraiguës montent en ce moment même. Ils vont entrer et ne manqueront pas de remarquer

III

Blandine

comme une senteur d'après-rasage, remarque Ludivine, c'est vrai qu'avec tes horaires, pour toi on est le matin, n'est-ce pas, et elle part dans un rire de sa composition. Ladite senteur les a fait grimacer dès qu'ils ont franchi le seuil, les Vietnamiens en herbe qui ne veulent pas rester longtemps, avec cette chaleur.

— Antoine ! Ça fait bien six mois, non ? Des semaines qu'on se disait il faut qu'on appelle Antoine, savoir ce qu'il devient, attaque Franck avec un sourire tendu à bloc. Tu as bien fait de prendre les devants l'autre jour, sinon avec cette folie au boulot, plus les préparatifs de voyage... Ludivine, tu sais, a été nommée chef de projet. Côté salaire, rien à redire, mais quel stress de diriger une équipe, heureusement qu'ils revoient les congés à la baisse, une belle connerie ingérable... Quant à moi, je dois mettre en place une cellule mobilité dès la rentrée, alors tu vois.

— Ah.

— Franck devient une vraie sommité dans le milieu des consultants, intervient Ludivine au museau de fouine, en couvant des yeux son mâle.

— Depuis notre introduction en Bourse, nous sommes sur le gril, tu comprends, on nous attend au tournant, reprend Franck. Mais toi, alors ?

Antoine vient de se remémorer une route de son enfance en plein soleil, avec le tournant qu'il avait interdiction de dépasser.

— Asseyez-vous sur le canapé, là. Ne faites pas attention au désordre.

— Alors juste un instant. Je t'ai expliqué, pour cette soirée où nous sommes absolument obligés de faire un saut, on va encore boire, et le charter qui décolle tôt. Enfin, nos valises sont bouclées, maintenant on n'ajoute plus rien. Promis !

— … J'ai du porto, du Byrrh ou du Saint-Raphaël Quinquina.

— Un jus de fruit. Ne sors surtout pas d'alcool, Ludivine n'en boit pratiquement plus et moi, je l'encourage comme je peux.

— Vous avez de la chance, de…

— C'est une question de choix, tu sais. Nous n'avons pas besoin d'alcool pour être heureux.

— Je parlais de votre voyage. Le Vietnam, c'est ça ?

— Exactement. C'est notre délire à nous. Chaque été, un trip tiers-monde, et puis si tu savais, là-bas, ça coûte que dalle. En plus, les pays émergents proposent des facilités de plus en plus attrayantes, rapport qualité-prix, valeur ajoutée.

Franck parle encore plus vite qu'il y a six mois. Ludivine, qui n'intervient guère, porte son ennui comme un nouveau parfum. Revenu de la cuisine, Antoine est désolé.

— Je n'ai plus du tout de jus de fruit, c'est idiot. En revanche j'ai de la bière.

— Ne t'en fais pas, de l'eau. De l'eau fraîche si tu as. Un bon verre et n'apporte surtout rien à manger, on ne picore rien par un temps pareil et tout à l'heure, il va falloir bâfrer... Au fait, voici le trousseau. Celle-là, c'est la porte du bas, tu te souviens ? La triangulaire, c'est l'appart, et le code n'a pas changé. Tu as toujours le code ?

— Je vais le renoter, des fois que...

— Alors, et toi, tu ne bouges toujours pas ? Tu ne te résous pas à acheter ?

— Tu sais, vu les prix.

— C'est clair. On a des amis qui ont un plan génial : ils achètent dans des banlieues lointaines où le mètre carré est encore très bas mais où ça monte très fort, et dans cinq ans ils revendront au double. C'est géant.

— Excellent, rectifie la fouine.

— D'autres ont réalisé l'opération il y a dix ans en proche banlieue et se sont fait une tune mémorable. Mais vraiment, Antoine, tu devrais essayer.

— … ?

— D'acheter, de te tirer d'ici, ça sent le moisi, je veux dire dans la cage d'escalier, c'est de quelle époque ?

— XVIIIe, je crois. Et vous, alors, toujours en partance ? Vous allez dans la baie d'Along ?

— Croisière en jonque. Là où ils avaient tourné des scènes du film, tu sais.

— Oui…

Dans le vif de la discussion, Franck s'abandonne à une imitation féroce du pêcheur vietnamien, mimant les expressions de son visage autant que contrefaisant sa voix. Peut-être parce qu'il se taille un certain succès, il s'aventure dans des notes qu'il maîtrise mal et, euphorique, conclut par un rire qui reproduit le braiment à la perfection.

Certains rires incontrôlés, songe Antoine dans son for intérieur, effraient plus que des hurlements. Allez savoir ce que cela réveille, quel instinct cela alerte au fond du cerveau reptilien. Ah, si Antoine Blin réussissait à percer le mystère, s'il comprenait à quel *endroit-moment* il s'est détaché de l'espèce humaine, peut-être renouerait-il certains fils et réparerait-il ce qui peut l'être. Il retrouverait dans toute sa puissance cet instinct tribal qui le ferait vibrer de concert avec ses congénères un soir de match, d'élection ou de fête nationale, or ce lien a été tranché. Antoine pense à Denner, à son syndicat des noyés. Si le lien pouvait être recréé, après tout… Il entreverrait probablement la possibilité d'être chef de projet, s'emballerait à l'idée de fonder une cellule mobilité, ne resterait pas seul, dans cet appartement, tout le temps de ses congés. Voilà ce qu'il aimerait balbutier à Franck et Ludivine avec lesquels se défont les fragiles fibres du lien. Vous êtes mes derniers amis, aimerait-il leur souffler, quoique ces deux-là ne l'aiment plus et qu'il ne les aime pas non plus depuis belle lurette. Cette amitié s'empoussière, tombe en poussière.

Ils vont se lever, filer en Cochinchine et Ludivine remercie déjà dans les aigus quand Franck s'exclame : « Antoine ! Charmante ! Tu voulais nous cacher le meilleur, ce soir, hein ? C'est ta dernière conquête ? » Antoine rougit. Il sait enfin ce qu'il a oublié de faire avant leur venue : cacher le portrait de Blandine, calé contre le vase sur le frigo. Une soirée mondaine puis la baie d'Along les attendent, ils n'ont qu'une envie tous les deux, détaler, alors à quoi bon finasser. Blandine Bénard n'est ni une conquête, ni une femme de sa vie, sinon de celle qu'il n'a pas su vivre. C'est l'affaire d'un drôle et bel été, le précédent, aussi irrespirable et poisseux que le présent.

L'été Blandine, pourquoi le leur raconterait-il ? Cet été-là, Antoine se répétait que ça ne pouvait plus durer. Voilà longtemps déjà que la goutte d'eau avait fait déborder le vase. Ça ne peut plus durer : se gargariser de ces mots-là permet de tenir jusqu'à l'éternité sans bouger d'un pouce. Ça ne peut plus durer. Quelle différence réelle entre hier, aujourd'hui et son lendemain ? Un beau jour, comme disent ceux qui racontent, une différence infime s'insère entre les deux. Attendant son tour à une caisse de supermarché, Antoine feuillette un journal froissé au fond de son chariot. Il est entièrement composé d'annonces, or il ne veut rien acheter, rien louer, rien ne l'intéresse quand ses yeux tombent inopinément sur la rubrique *contacts, relations, messages, massages*, qui lui signale l'existence de *Blandine, jeune femme du Sud, simple et jolie de sa personne, aimerait monter à la capitale pour rencontrer l'homme qui saurait l'aimer et partager sa vie* et le tapis roulant tourne à vide depuis plusieurs secondes : c'est son tour. La caissière a émis un grognement de sommation. S'il ne fait rien sous peu, la file d'attente s'impatientera. Les autres ignorent tout de Blandine, il ne peut leur en vouloir. Août est torride, cette journée exténuante accorde à chacun des circonstances atténuantes, aussi fourre-t-il le gratuit dans son sac et vide-t-il son chariot.

Plus tard, chez lui, il en revient à ce journal.

L'auteur de l'annonce a laissé son adresse, il n'est pas même nécessaire de passer par la rédaction pour entrer en contact. La jeune femme du Sud habite à l'autre bout du pays mais se dit prête à vivre ailleurs. Peut-être se plairait-elle, ici, dans l'appartement ? Que risque-t-il à tenter ? En début de soirée, la table de la cuisine débarrassée et essuyée, Antoine Blin prend sa meilleure plume. Pour l'instant, il ne joindra pas sa photo. Il ne postera la lettre que le lendemain matin, après l'avoir relue soigneusement.

Le samedi suivant, une réponse tombe dans sa boîte aux lettres. C'est elle : l'adresse de l'expéditeur fait foi au dos de l'enveloppe. Blandine Bénard, avec une écriture de femme simple et jolie de sa personne. Il ne l'ouvre pas dans l'escalier, attend d'avoir refermé sur lui la porte d'entrée. À l'intérieur de l'enveloppe, une lettre d'une seule page. Antoine apprécie car c'est signe, il ignore de quoi c'est signe mais c'est certain, c'est signe, l'absence de photo lui plaît, il sait que dans la suivante, probablement, mais ne veut pas rêver. Il aime aussitôt ses phrases gauches et l'écriture de qui n'écrit pas souvent, sa simplicité. Blandine Bénard n'est pas dans l'esbroufe. Elle évoque ses déconvenues avec les hommes et aussitôt son espoir que, sa prudence vis-à-vis et surtout, surtout, son besoin de lenteur dans la relation, « un gage de solidité ». La lettre d'Antoine lui a fait bonne impression. Elle en relève d'ailleurs certains extraits et Antoine, ce n'est pas pour lui déplaire.

Dès lors, ces deux-là s'écrivent, s'entrouvrent l'un à l'autre. Elle commence à croire que Blin n'est « pas comme les précédents », mots escortés par des guillemets trapus, de vraies gueules de crocodile. Dans la troisième lettre, elle glisse sa photo et prouve qu'elle n'a pas menti : elle est bel et bien jolie *de sa personne*. Blandine a une vraie frimousse, un minois plus qu'un visage, sourit dans une posture démonstrative sur cette photo en pied, ou presque car ses pieds plongent au fond d'un énorme carton dont elle vient de surgir, croit-on, l'air facétieux avec sa coupe Louise Brooks. Antoine n'a jamais vu de film d'elle mais l'a souvent admirée dans les magazines télé. Blandine a les bras étendus à l'horizontale, une main retournée ; elle rit en toisant l'objectif. Qui a pris cette photo, quel jour ? La scène est en noir et blanc mais il devait y avoir alors de belles couleurs avant que ça se transforme en souvenir, tout ça, la boîte, le sourire, le jaillissement hors de la boîte. Où était-ce ? La jeune femme était-elle seule face à un appareil muni d'un retardateur ? Il aimerait le croire. Elle devait plus certainement sourire à l'un de ces hommes qui lui avaient valu, selon son mot, *des déconvenues*. Antoine aimerait tellement plus ses congénères en loups solitaires, plus solitaires encore que lui, mais il le sait d'expérience, les autres sont toujours à plusieurs. Ils avaient dû bien rire, Blandine et le photographe, le jour de la prise de vues.

Dans sa quatrième lettre, Antoine n'ose pas encore envoyer sa photo. Il se déclare conquis par le visage « agréable » de la jeune femme et regrette tant de distance entre eux. Pour compenser un tant soit peu, il s'ouvre à elle de son souhait le plus cher. Oui, si affinités, il serait prêt lui aussi à fonder quelque chose, et le mot *foyer* apparaît deux lignes plus tard. Il se dit sérieux, il a bien réfléchi. Selon lui, la saison idéale pour se marier serait le printemps ou bien l'automne, car son complet demi-saison n'a jamais servi, ce serait l'occasion… À la fin de sa lettre, en *post-scriptum*, il suggère que le moment est peut-être venu de faire connaissance, de visu, malgré la distance. Malheureusement, il n'aura pas la possibilité de poser des vacances ces temps-ci, mais elle, étant sans emploi ? Dans la lettre suivante, qui ne tarde pas, Blandine Bénard approuve. Sur le principe, elle est pleinement d'accord, mais ces temps-ci, elle est très juste, n'a pas encore commencé à toucher le chômage, et ce ne sont pas ses économies, très modestes… Oui, se voir, mais cela pourrait peut-être attendre encore trois mois, au plus, qu'elle ait un peu de marge ? Lorsqu'il reçoit cette réponse, Antoine dévisse dans le cafard.

En face, dans l'appartement du cinquième, le septuagénaire passe en short, les chairs ramollies, luisantes de sueur. Il repasse quelques minutes plus tard, nu avec son appendice qui pend comme un appendice, il a dû prendre une douche et va enfiler du linge propre dans lequel suer. Antoine se lève, compose le numéro de sa banque et consulte son solde. *Votre banque sept jours sur sept.* Il tape étoile, une série de chiffres, dièse à la fin puis écoute, prend note. C'est tout ce qu'il a besoin de savoir, pour aider Blandine. Il fait la réponse qu'il souhaitait lui faire. Des cloches, dans le lointain.

★

La lettre qu'il reçoit trois jours plus tard le laisse perplexe. Les scrupules de Blandine l'honorent, et avec quel doigté lui fait-elle comprendre que non, malgré son envie, elle ne peut accepter qu'un « inconnu » (elle mobilise de nouveau ses guillemets) lui envoie de l'argent, fût-ce pour se voir. Elle le remercie pour sa proposition, mais vraiment, et puis trois mois, qu'est-ce… ?

Pugnace, il ne lâche plus sa proie, il contre-attaque, il objecte. Si nous attendons trois mois, nous risquons de laisser s'effilocher ce qui se noue. « Ce qui est en train de se mettre en place », se reprend-il après avoir gommé, en regardant autour de lui les placards, le buffet dont la peinture satinée s'écaille. Il conçoit et accepte tous ses scrupules envers les billets de banque qu'il aurait aimé glisser dans son prochain envoi, mais ne veut pas manquer cette occasion. Il lui enverra un petit mandat, avec lequel elle achètera le billet d'avion : pour le week-end prochain ou le suivant, qu'importe. Il ira la chercher à l'aéroport. C'est l'été, la ville est vide : ils seront bien. Il a déjà fait de la place dans l'armoire, pour ses affaires.

Le surlendemain, il relit dix fois sa réponse. Oui, elle accepte, gênée, il a raison mais doit admettre, en contrepartie, qu'elle le remboursera, dans les mois suivants.

Antoine soupire... Il va lui envoyer des photos Polaroïd de son appartement, du deux-pièces où elle sera bien. En vain cherche-t-il une formule pour résumer sa joie ; ne voulant pas risquer la maladresse, il reste sobre mais ne dissimule pas son impatience. Il a libéré son vendredi après-midi et l'attendra au terminal B, à seize heures. Ensuite, ils iront en bus dans son quartier et feront des courses pour le week-end, dans une grande surface où elle choisira ce qu'elle aime. C'est pour elle. Après quoi, ils auront le week-end pour eux.

À la veille de son arrivée, il reçoit un mot de confirmation. Comme lui, elle se « réjouit » de faire sa connaissance, le moment est venu en effet et la voici prête, heureuse de « mettre le chômage entre parenthèses ». Ils n'ont toujours pas échangé leurs numéros de téléphone, c'est inutile, « plus tard, quand nous nous serons vus. La voix est trompeuse », a-t-elle écrit une fois. Elle déteste parler à quelqu'un dont elle ne connaît pas le visage. Elle n'a pas exigé de photo d'Antoine Blin, lui a dit que c'était égal, elle est revenue des hommes qui s'affichent avec ostentation et ce qu'elle cherche, comment dire, a peu à voir avec la séduction.

Comme il devrait la prendre au mot ! Dans l'éblouissement de l'après-midi, il sort, fraîchement rasé. Il est au matin de tout. Voyez-le qui frôle les murs pour atteindre l'arrêt de bus : il évite au maximum de transpirer. C'est alors qu'il les aperçoit sur le trottoir opposé, en plein soleil, ceux qu'il appelle le couple maudit, l'homme impeccable doublé d'une femme à la beauté troublante, qui affiche bien vingt-cinq ans de moins que lui. Comment il fait pour la retenir, il se l'est demandé mille fois ; mille fois il s'est répondu le fric, mais regarde-le ! Or voici qu'aujourd'hui, sous ce soleil d'enfance, il se rend à l'aéroport et ne maudit pas le couple maudit, car Blandine Bénard a bien douze ans de moins que lui, on n'est pas loin du compte, et c'est sans aucune fortune qu'il l'attire à lui… Antoine s'est arrêté pour mieux les regarder passer. Il ne les hait plus. Pour la première fois, il ne souhaite plus tout à fait leur mort. Les deux disparaissent dans l'ombre du porche d'en face, une société dont il n'a jamais retenu les initiales, dont l'homme doit être le directeur.

Ce jour-là, la rocade extérieure n'est pas saturée. Le bus fonce. À quinze heures, avec une belle avance, Antoine entre heureux et impatient dans le hall des arrivées. L'avion qu'il attend est déjà affiché, il n'aura pas de retard. Des annulations sont parfois annoncées sans raison apparente et il redoutait ce genre de coup du sort. Ce n'est pas qu'il fréquente souvent les aéroports, les occasions sont mêmes rares ; la dernière remonte à cette semaine passée dans un club de vacances, il y a six ans.

Il boirait bien une bière maintenant, pour passer le temps, mais l'haleine. Se l'interdisant d'abord, il se l'autorise bientôt, mais une seule, après quoi il mâchera un chewing-gum, ne pas oublier d'en acheter un paquet. Il doit être normal d'être tendu comme il l'est. Dans quelques minutes, elle descendra du ciel. Il repense au gratuit, au fond du chariot. Si l'attente n'avait pas été aussi longue à la caisse, à ce moment-là… Voilà, il a achevé son demi, c'est l'heure. Il a repéré un fleuriste et son choix s'arrête sur les marguerites. Dans le bus du retour, elles tiendront mieux que des roses. À la va-vite, il choisit deux bouquets de couleurs différentes, oui, pour offrir. On enveloppe le bas des tiges dans de la ouate imbibée, protégée par du papier d'aluminium. L'avion vient d'être annoncé porte B et il en frémit jusqu'au fond de lui-même. Une petite foule se forme à cet endroit, derrière les barrières. Il transpire fort. L'après-rasage fait-il encore effet ? Les marguerites empestent, il aurait dû opter pour les roses. Antoine recule, s'assied sur un siège orange en retrait de la foule agglutinée contre les vitres. Se donner un peu de temps... D'ici, il verra mieux. Aime-t-elle seulement les marguerites ? Ne vaut-il pas mieux les jeter, vite ? Les voyageurs émergent lestés de leurs bagages. À ce moment précis, il se rend compte qu'il n'a mâché aucun chewing-gum. La bière, nom de Dieu. Trop tard pour courir vers la galerie commerçante. Il avale sa salive, expire contre sa main, hume, décide qu'il ne lui parlera pas de près. Une fois chez lui, il trouvera bien le moyen de se brosser les dents en cachette, après avoir pris soin d'allumer la radio pour mettre un peu d'ambiance.

Progressivement, la foule s'est éparpillée. On aperçoit de nouveau les vitres, la barrière. La porte B libère encore un attardé. À deux reprises, il a cru la voir, dans la foule. Il a sa photo dans son portefeuille, on ne sait jamais. Subitement inquiet, il se redresse. Si elle avait raté son avion ? S'il s'était trompé ? Et si c'était bien elle, lorsqu'il a cru la voir ? Peut-être erre-t-elle plus loin à sa recherche, dans les halls en enfilade ?

Mais il hésite à s'éloigner. Plus personne à la porte B. Peut-être pourrait-il la faire appeler par les gens de l'aéroport ? Cela se fait. Il devrait le faire. Mais où ? Si elle a raté son avion, il peut bien attendre le prochain, les navettes se suivent à deux heures d'intervalle, il l'a constaté sur l'écran. Mais si elle est bel et bien déjà là ? Il se décide et se lève, quand une voix féminine lance un appel par haut-parleurs : *Mademoiselle Blandine Bénard, je répète, mademoiselle Blandine Bénard est priée de se présenter à l'accueil des arrivées, entre les portes C et D, où elle est attendue. Mademoiselle*... Antoine Blin tout tremblant incrédule court vers C et D. Et quand il les aperçoit, de loin, le choc n'est pas moins grand. Ils parlent déjà entre eux, chacun un bouquet à la main.

⋆

Selon la même méthode, celle qui se faisait appeler Blandine Bénard en avait dupé quatre d'un coup. L'un d'eux s'était emporté, jurant qu'il porterait plainte. Un autre n'arrêtait pas de rire et s'était chargé d'aller jeter les bouquets. Le troisième était au bord des larmes ; Antoine Blin n'était pas loin derrière lui sur l'échelle du désarroi. En parlant, ils avaient reconstitué la mécanique à l'œuvre contre eux. Peut-être d'autres floués se présenteraient-ils le lendemain au même comptoir d'accueil, un bouquet à la main, et d'autres le surlendemain. Pendant plusieurs jours encore, les haut-parleurs de l'aéroport psalmodieraient le même appel. Oui, chacun ici avait répondu à une annonce, chacun avait reçu en retour la même lettre : ils se citèrent d'ailleurs des formules qui leur revenaient à l'esprit et Antoine Blin avança le mot de « déconvenues » qu'elle employait pour les hommes du passé, ah ! Déconvenues... Qu'étais-tu allé chercher si loin, Antoine, que tu ne pouvais trouver chez toi ? Ce n'est pas tant les deux cent cinquante euros du mandat postal qu'il regrettait, c'était que les lettres de l'inconnue, si faussement émouvantes, l'aient ému pour rien. Que ces lettres aient fait monter beaucoup de sève vers une branche morte.

Ce soir-là, il s'était dit qu'il lui était arrivé quelque chose de formidable. Il lui avait récrit une lettre dans laquelle, beau joueur, il jurait ne pas lui en vouloir, en avoir ri, en rire encore...

Avait-elle décampé sitôt son arnaque accomplie, ou l'adresse n'était-elle pas plutôt la boîte aux lettres d'un appartement désaffecté, dans une barre d'immeubles ? Il lui avait récrit trois fois Cité des Mimosas, mais autant envoyer des sondes du côté de Pluton. Un an plus tard, il n'a aucune nouvelle d'elle. Sa photo trône dans la cuisine et la ville a beau puer des pieds dans sa canicule, il a Blandine près de lui à chaque repas. Combien de fois s'est-il demandé s'il s'agissait bien d'elle ou s'il n'avait pas plutôt affaire à un portrait volé, auquel cas il aurait aimé une inconnue sous une identité d'emprunt, une femme qui ignorait tout de lui. Tout de même, Blandine. Celle qui a rédigé les lettres, avec les mêmes formules pour tous les hommes, ne s'est-elle pas laissé prendre une fois au moins à son jeu ? N'a-t-elle jamais été sincère, dans les lettres ? Avec ses bras à l'horizontale et sa pose démonstrative, son minois constellé de taches de rousseur, elle s'affiche en noir et blanc contre le vase et le papier peint jaune et à quoi bon épiloguer, Antoine Blin ne répondra pas au sourire complice de Franck, à son œillade. Va te faire voir à Bédalongue. Ce soir, il leur a donné la réplique, s'est extasié quand il fallait, ne leur a pas servi d'alcool, or voici qu'il n'a plus goût à jouer. Les deux ont dû comprendre, qui amorcent un mouvement de repli vers leur baie en le consolant à leur manière : « Pour l'appartement, ne t'en fais pas. Une fois par semaine, ça suffira, et tu as notre numéro de téléphone satellitaire, n'hésite surtout pas, en cas de besoin. À bientôt, Antoine ! À la rentrée ! »

Longtemps, ces mots résonnent étrangement. La porte se referme, leurs pas s'estompent dans les profondeurs de l'immeuble. Dans le lointain, probablement entre le deuxième et le premier étage, Ludivine éclate de rire. S'il s'écoutait, il dévalerait l'escalier, la rattraperait pour la presser d'avouer, lui faire dégueuler dans la minute la raison de son rire. Le voici qui débarrasse la table, nettoie les verres en écoutant la radio en sourdine. La réception est mauvaise. Peut-être un orage s'est-il égaré, il tourne, orphelin, pas loin d'ici, sinon comment expliquer ces parasites ? Blin revoit le sourire de Franck et réprime de mauvaises pensées en évoquant son imitation des Viets. Pourquoi les a-t-il toujours surnommés Frivol et Badin, Franck et Ludivine, sans vraiment savoir quel sobriquet s'appliquait auquel ? Au fond, cela fait des années qu'à l'un et l'autre il ne fait que trouver des griefs, jusqu'à la coupe militaire du futur fondateur de la cellule mobilité.

Heureusement, pour les soirs comme celui-ci, qui reviennent à des intervalles excessivement réguliers, il reste le *livre*. C'est une manière de contrepoison, le grand livre qu'il lit au compte-gouttes. À peine le prend-il, tout va un peu mieux. Antoine est persuadé qu'y dorment les réponses aux questions que posent ses peurs. Il ne rentre jamais dans les librairies mais un jour, quand la canicule n'était pas si assommante, il a vu cet énorme bouquin en vitrine avec son titre banal et fantastique, *Origines*, et une photo des grands fonds de l'univers sur la couverture.

Plusieurs émotions se sont télescopées. D'abord, il a repensé aux lettres qu'il trie de nuit, destinées pour certaines à des professeurs du bout du monde, ou à des éditeurs. Successivement, il a éprouvé sa haine des études, quand il aurait pu en faire, et le regret des mêmes études, distillé peu après, peu à peu. Jamais il n'avait cherché réponse aux questions qui lui venaient et soudain, il a eu la certitude que tout était là. *Origines*. Il est entré, a regardé autour de lui pour s'assurer que la libraire ne l'avait pas remarqué. Comme elle continuait de vaquer entre les tables, il a repéré d'autres exemplaires du livre. Ayant soupesé l'œuvre, il l'a feuilletée. Il était indiqué dans la présentation que l'auteur se proposait d'ouvrir au lecteur « les portes de l'infiniment grand aussi bien que celles de l'infiniment petit » et il s'est dit que c'était exactement pour lui, en ce moment. Peu importe s'il ne comprenait pas tout. Oui, peut-être apprendrait-il ce qui l'avait projeté là, non pas dans cette librairie mais dans ce monde, parmi des villes et des congénères qui le prenaient de haut. Peut-être aussi parlait-on des odeurs, làdedans. Comprendre ce qui l'avait amené là, ce que nul ne lui avait jamais raconté et qu'une mère ou un père aurait dû lui expliquer soir après soir, alors qu'il était encore dans le vestibule du vaste monde… Il saurait enfin pourquoi et comment ou à quoi bon le monde, depuis la nuit des temps, avait travaillé jour et nuit à l'obtention de ce résultat-là : Antoine Blin. Il saurait peut-être, lui, aboutissement de cinq mille ans de civilisation et de milliers de siècles d'évolution, à quoi servait sa vie, ce qu'il foutait là. Et puis, acheter un livre, ça l'amusait.

Ce soir, cependant, Antoine sait qu'il faudra chercher loin dans les pages pour y trouver matière à consolation, le soulagement habituel. Oh, il peut lire et relire ce qui déjà l'émeut, s'en nourrir, aller un peu plus loin dans des réflexions labyrinthiques et n'en plus sortir que par l'assoupissement ou le coup de trique du travail… C'est vrai, hier, en lisant, il a capté une phrase dont les mots aimantaient plus que d'autres : *En l'espace de quelques millions d'années, le cerveau de l'homme a triplé de volume par rapport à celui du singe.* À son corps défendant, il a pensé à son chef de service, au ministre de l'Intérieur qui avait parlé de la canicule à la radio. Triplé, Ludivine, Franck, Antoine Blin. Cela l'amuse. Le voilà qui considère ses mains, lesquelles, depuis qu'il maîtrise la position bipède, lui ont servi à fabriquer des outils, à tailler, polir, puis à trier des lettres, à les aiguiller nuit après nuit vers des ruptures, des mises en demeure ou des histoires d'amour au plus ou moins long cours, il considère ses mains et les applique doucement contre son menton, puis contre ses joues, son front et ses yeux pour cacher, mais à qui, les larmes qui viennent. En contrebas, dans les caniveaux, c'est l'heure où les vannes s'ouvrent à des petits ruisselets qui emportent dans la ville sèche les feuilles de marronnier détachées des arbres. Près de vingt-trois heures ; il va falloir y aller. Es-tu donc bête, se ravise-t-il : ce soir tu n'y vas pas. Et voilà qu'après les pleurs et un bref soulagement enfle le regret de ne pas être obligé de partir d'ici, sans avoir à réfléchir, comme les autres soirs. En manipulant le transistor, il retombe sur la carte de visite de l'autre, tiens, et de son syndicat... *Les recherches se poursuivent pour tenter de retrouver le petit Émilien... Encore des records battus dans le Sud, où des feux de forêt... En visite à N., le ministre de l'Intérieur... La Force noire a revendiqué l'explosion qui, hier...*

Triplé, se répète Antoine, en cherchant dans le labyrinthe où diable le sommeil peut bien commencer. Au moment exact où il croit le voir poindre s'engage une violente discussion entre l'homme et la femme du quatrième en face. « Tu me cherches, Jennifer, hein. Parce que si tu me cherches, tu vas me trouver. » Il se lève pour fermer, aperçoit le vieil homme à moitié sourd du cinquième, qui tente, lui, d'ouvrir sa fenêtre dont l'espagnolette résiste, *no pasarán*. Vainqueur, il sacre un bon coup, inspire profondément et s'accoude torse nu. Ce soir, les fenêtres de la ville donnent sur une mer enfuie de guerre lasse, qui ne montera plus avant longtemps.

*

Tout enfle, gonfle. Le lendemain après-midi, il descend au square espérant que sous le catalpa, son banc… Et peut-être qu'un souffle d'air, de nouveau, non pas pour sa fraîcheur illusoire, mais pour les souvenirs qu'il convoquera… Qui sait ? L'autre jour, la brise d'un instant l'a ramené curieusement des années en arrière, à une leçon de géographie où il était question des vents alizés. Ce mot, *alizés* ! Il avance vers son catalpa, car de loin le banc lui paraît vide, à moins qu'un sans-abri se soit étendu… Est-ce à cause de ce mot, alizés, qu'il avait passé le concours des Postes plus tard ? Oui, le banc est vide, mais que voit-il au-dessus ? Un formulaire a été placardé à même le tronc :

Nous vous informons que cet arbre est *dépérissant* (le mot a été écrit à la main). Il sera donc abattu dans la semaine du *27/7 au 2/8* (de nouveau, à la main). Un jeune arbre le remplacera dès cet hiver. Pour tous renseignements, s'adresser au 0………

Direction des Parcs et Jardins et Espaces verts.

Incrédule, il recule de quelques pas. Si donc lui aussi... Dans son for intérieur, il se sent lésé, exproprié d'une ombre chère. Autant repartir se terrer là-haut. Hier, en lisant dans le grand livre, il est tombé sur un mot étrange : *synapse*. Chacun en compte plusieurs centaines de milliers de milliards, dans son cerveau. Ce sont les passerelles qui relient les neurones, et des neurones, sous le crâne, il en court autant que d'étoiles dans la Voie lactée. Il a lu aussi que tous les ordinateurs du monde, si on les agençait ensemble, « n'auraient pas la puissance de traitement de l'information de notre cerveau ». Soit, a-t-il pensé. Tous les ordinateurs du monde ont coopéré en moi pour engendrer ça : l'envie de rien. Le goût à rien, sinon à lire quelques lignes certains jours. Cent milliards de neurones échangent des informations sous la forme de signaux électrochimiques afin qu'un dénommé Blin réussisse à se lever, prendre sa douche, faire chauffer des surgelés, trier des lettres huit heures par jour chaque nuit.

Ce qui vient ensuite ressemble beaucoup à une soirée pour rien. Blin laisse tomber le livre car il lui inspire, par moments, un début de crainte. Les heures passent sans mal parce qu'il reçoit plusieurs chaînes *sport*. Puis le voilà qui débranche le téléviseur. Le temps se fige. Il a éteint la lumière. Plus aucun appareil n'est sous tension, il aime ça. Il a retiré la prise du téléphone, lequel ne sonne, l'été, qu'en cas d'erreur. Il pourrait s'accouder à la fenêtre, détailler les appartements d'en face. Il l'a déjà fait. Ce soir, tous leurs occupants ont quitté le navire, ou presque. Chacun s'est donné le mot, il est seul à n'avoir pas été mis au courant, avec le vieux à demi sourd et le couple qui s'engueule. Peut-être en cet instant est-il un des derniers habitants du monde. Même la jeune femme du troisième, en face, à laquelle il arrive de défiler seins nus par ces chaleurs, avant de se coucher ou de coucher, a déserté. Partout, des immeubles borgnes font face à des immeubles borgnes. Antoine Blin préfère ne rien faire, carré au fond d'un canapé qui l'absorbe lentement. Un de ces canapés carnivores qui finissent par avaler tôt ou tard leur occupant. C'est ainsi qu'il mourra, il l'a décidé, car on est parvenu enfin à la fin du monde, une fin du monde infiniment moelleuse, et il ne pense à rien.

Ce qui suivrait ressemblerait beaucoup à une soirée pour rien si des pas n'atteignaient alors son étage, précautionneusement, mais certaines marches crissent, d'autres craquent. Antoine ne se connaît aucun voisin au plein de l'été. Les pas se sont arrêtés devant sa porte. Voilà qu'on frappe, à vingt-trois heures passées. On frappe derechef, plus fort. Pourquoi ne sonne-t-on pas ? Il s'est approché du judas. Denner, à une heure pareille ? Franck et Ludivine pêchent l'abalone dans la baie d'Along. À travers l'œilleton, l'obscurité est totale dans le couloir. Et maintenant, on ne frappe plus à la porte, on la sonde. Au commencement d'un siècle étrange, dans une ville étouffante oubliée de Dieu, au haut d'un immeuble presque vide, quelqu'un teste une porte derrière laquelle un de ses congénères regrette d'être seul. Des coups aux quatre coins, comme pour anticiper leur résistance à des chocs, un coup d'épaule peut-être, ou l'œuvre d'un pied-de-biche. Cent mille milliards de synapses et leurs cent milliards de neurones vont se lancer sous peu à l'assaut si, de l'autre côté de la porte sans blindage, Antoine Blin ne surmonte pas tout de suite sa peur et ne prend pas l'initiative.

« Vous avez besoin que je vous aide, peut-être ? fait-il d'une voix sonore.

— Oh... Excusez-moi... Je croyais qu'il n'y avait personne ! » L'inconnu dévale les marches qui hurlent tandis que Blin cherche en tremblant ses clés pour verrouiller la porte, le monde, tout ça. Non, tu n'es pas tout seul dans la ville, vois ! Hier étaient tes sanglots, aujourd'hui ton angoisse... Et dans ce qui n'est pas encore totalement la nuit, il se retourne vers Blandine Bénard qui n'a pas cillé, se transporte avec elle dans la baie d'Along. Il aimerait trouver le courage de brûler la photo et d'en souffler les cendres par la fenêtre, dans la cour où elles planeraient face au demi-sourd et au couple qui commence à manquer de munitions. Demain, il vient de le décider, il appellera ce syndicat, demandera à parler à André Denner pour le revoir. Oui, ce soir, Antoine Blin prend peur sans savoir ce qui l'a le plus réveillé, entre les deux badins d'hier soir, avec leur trip tiers-monde et leur cellule mobilité, et l'apprenti cambrioleur de tout à l'heure. Or, voici qu'il se prend à imaginer ce qu'il n'avait pas imaginé. Dans cette soirée où la moiteur ne connaît pas de fin, ce n'est pas une bouche d'égout mais l'avenir qui lui envoie ses relents. Un jour, d'autres occuperont cet appartement, quand Blin aura quitté ce monde et que de lui ne restera aucun souvenir, comme un jour ne restera aucune trace de cet appartement lorsque l'immeuble aura été marqué d'une croix. Car peut-être, dans des bureaux lointains, hors de ce monde, une main s'apprête en ce moment même à remplir un formulaire commençant par cette phrase :

Nous vous informons que cet homme est dépérissant

IV

Au soleil qui ne se couche pas

Antoine Blin se demandait avec anxiété ce qu'il allait mettre sur lui pour se présenter à Denner. En rester au tee-shirt blanc, malgré le pic de chaleur attendu (la barre des quarante était promise pour aujourd'hui), lui paraissait impossible. L'homme considéra sa maigre garde-robe et finit par opter pour une chemise à carreaux, un jean non délavé, et il lui sembla inévitable de leur associer sa veste pied-de-poule, qu'il porterait pliée au bras le temps d'atteindre l'impasse, puis qu'il enfilerait avant d'y faire son entrée.

Un peu plus tard, au-dessus du bureau de Denner, deux petits portraits penchaient légèrement : un dessin et une photo noir et blanc. Alfred Torsvan, fit Denner en désignant la photo d'une main révérencieuse. Vous aurez l'occasion de le voir et de l'écouter dans nos murs, au cours d'une de nos réunions, compléta-t-il en invitant Antoine Blin à s'asseoir. Torsvan était un individu massif, surgi d'un ancien temps qu'on n'imaginait pas autrement qu'en noir et blanc. Il portait une pelisse des époques où l'effet de serre n'était pas célèbre et un chapeau à large bord. Quant au visage, il était à la fois paternel et dur, bon, on ne pouvait nier que l'homme paraissait bon, comme Denner qui lui parlait et avait omis de présenter l'autre portrait, celui d'un homme dessiné.

Un ventilateur congestionné bourdonnait. Les stores étaient abaissés, si bien qu'il n'entrait qu'un demi-jour dans la pièce. Entre les lamelles verticales filtraient des rayons parcimonieux. Antoine Blin se retourna vers Denner en gardant soigneusement cette lumière dans les yeux, comme s'il avait eu la faculté de la transporter pour la déposer plus loin. Plus loin, sur le mur derrière Denner, il eut l'impression qu'elle s'était transformée. Elle était toujours là... Elle n'avait plus rien à voir avec toutes les lumières de cet été et pourtant voilà qu'elle lui en rappelait une, d'outre-été probablement, qu'il ne réussissait pas à identifier. Où ? Quand ? Il était si rare qu'il repensât à son passé. Il se sentit subitement bien dans cette pièce où un souvenir sans nom lui était revenu et écouta Denner avec une attention accrue, parce que, comme il en conviendrait quelques heures plus tard, ce qu'il lui disait, personne ne le lui avait encore jamais dit, ou alors, pas de cette façon. Il pouvait enfin détailler Denner, car leur première rencontre ne lui avait pas permis de mémoriser ses traits. Il paraissait plus jeune que Blin, lui au moins n'avait pas le crâne dégarni et ne grisonnait guère. Cinq, six ans de moins, ou alors le filou donnait bien le change. Surtout, pensait-il, il est mieux sapé que moi, il *présente* ; ce n'est pas que je ne voudrais pas mais je ne sais pas, lui sait, en tant que pauvre type chapeau, c'est signe que ce syndicat n'est pas rien, on y apprend des trucs comme le goût. Bien sûr, quand on s'attardait sur ses traits comme le faisait Blin, et notamment sur ses yeux, sa façon de se coiffer — raie, pattes —, on sentait affleurer l'ancien paumé, le gars qui faisait *comme*. Bien sûr, vu sous cet angle, Denner était du même bord et Blin ne pouvait qu'être réconforté par son air paterne. Et parce que Denner lui donnait la parole, Antoine Blin la prit un peu :

— Sommes-nous, je veux dire *serons-nous* nombreux ?

S'ils seraient nombreux ? Il ne serait plus jamais seul.

— Vous aurez bientôt l'occasion de le constater. Vous pourrez communiquer votre propre énergie aux autres et les autres vous donneront la leur et chacun sera gagnant. Ensemble, nous représentons beaucoup plus que l'addition d'individualités isolées. Nous formons une masse silencieuse. Oui, très nombreux, mais je ne peux pas être plus précis, comprenez-moi.

— Et que pourrez-vous m'apporter ?

— Nous vous donnerons les moyens d'être vous-même, de vous accepter comme tel...

— Moi-même ? M'accepter ?

— Ce que j'aperçois en vous, ce que nous apercevons, c'est ce qui végète, reste à l'état de pousse et ne demanderait qu'à s'épanouir. Vous pensez avec raison qu'il n'est pas trop tard pour tenter quelque chose, n'est-ce pas ?

— J'ai quarante-quatre ans. Ce n'est pas très grave, mais enfin...

Soudain, il y était : cette lumière tout autre, comme *polaire*, il la remettait maintenant à sa place avec netteté. C'était le soleil de minuit de l'été où ses parents avaient divorcé. Il avait quatorze ans. Un oncle qui travaillait dans un pays du Grand Nord l'avait emmené trois semaines avec lui pour lui changer les idées. Il était comptable, dans une société pétrolière. C'était la lumière la plus extraordinaire qu'Antoine ait jamais vue : celle du jour éternel, qui ne faiblit au ras des eaux que pour recommencer. Et tout d'un coup, Antoine eut une vue imprenable sur son enfance. Cela faisait mal de se souvenir qu'on avait vécu il y a si longtemps, mais il y avait au fond du puits des jours la grande lueur, et, pendant que Denner continuait de parler, elle subsistait tranquillement là, dans cet espace, tout près d'eux, c'était étonnant.

— Nous sommes là pour faire renaître en chacun le sentiment d'estime de soi. Je ne peux pas tout vous dire pour le moment, vous n'êtes pas encore membre à part entière mais soyez-en certain, nous vous aiderons. Cela se passera en deux temps : d'abord parer au plus pressé, travailler sur le sentiment de rejet, de honte que vous avez probablement éprouvé dans votre vie de tous les jours.

— Oui.

— Ensuite, nous élargirons les perspectives de l'individuel au collectif, pour réagir ensemble et retrouver la place qui devrait être la nôtre.

— Notre place ?

— Vous avez entendu parler de la désobéissance civile…

— Non.

— Voilà ce qui nous perd. Mais nous vous expliquerons. Vous êtes la clé de tout, jour après jour, il faudra en prendre conscience. Si vous acceptez de vous regarder sous un certain jour, vous découvrirez votre puissance. Tenez, j'ai rempli votre formulaire. Comme je vous le disais, vous n'avez plus qu'à signer après la mention *Je reconnais être un pauvre type*, en bas, à droite. Oui, il est capital que vous le reconnaissiez, il faut le mettre noir sur blanc. Arrêter les comptes à, combien disiez-vous, quarante-quatre ans, si vous voulez que nous fassions quelque chose pour vous. À vous de jouer, maintenant.

Il ne savait plus. La tentation n'était pas mince de signer mais quelque chose de fort le retenait. Une partie de lui-même, qui aimait fréquenter l'ombre du catalpa et les bords de canal pisseux, exécrait Franck et Ludivine et, au fond, aimait son odeur, cette partie-là campait sur le non. Denner, au demeurant, ne lui avait pas donné de réponse concernant son odeur et il n'avait plus osé aborder le sujet. Au lieu de signer, il plia l'attestation en quatre et la glissa dans la poche de sa veste.

— J'ai besoin d'un peu de temps.

— Dès que vous vous sentez prêt, appelez-moi. Repassez quand vous voulez.

*

Plus l'air pèse, plus il faut d'énergie pour emplir les poumons. Après avoir salué Denner, il a repris le couloir de gauche. Par la suite, en refaisant le chemin en pensée, il ne comprendra pas à quel moment il s'est égaré. Ce doit être la faute du demi-palier, qu'il n'a pas remarqué en arrivant. À partir de là, il ne sait plus. Près du bureau de Denner, il croise deux groupes qui discutent avec animation mais n'ose plus revenir sur ses pas. Là où il est parvenu, dans une aile ensoleillée du grand bâtiment, aucun bruit.

Le personnel a déjà dû quitter les bureaux, il est dix-sept heures passées. Il s'enhardit à frapper à une porte dont l'écriteau annonce : *Comptabilité*. N'obtenant pas de réponse, il recommence. Toujours rien, mais quelque chose le pousse à vérifier si la porte est fermée. Elle ne l'est pas. Il l'entrouvre prudemment, se disant peut-être que tout de même, dans ces bureaux, quelque employé doit bien faire une heure supplémentaire ; peut-être est-il dur de la feuille, il n'aura rien entendu mais, réveillé, il pourra le renseigner. Ce qu'Antoine Blin découvre alors le fige. Combien de temps reste-t-il comme ça, interdit ? Ses yeux font plusieurs fois le va-et-vient entre l'écriteau et l'intérieur. Au fond de cette pièce, près de la fenêtre, se dresse une autre porte qu'il pourrait s'aventurer à ouvrir elle aussi. Il n'aurait pas plus de dix pas à faire mais si l'on survient dans son dos, que dire ? Il referme, jette un coup d'œil autour de lui puis se hasarde à frapper en face, à l'*Administration* où l'accueille le même silence. Il abaisse la poignée, ouvre. Il aurait préféré que se confirme et s'amplifie la surprise du bureau précédent, mais ce qu'il découvre est tout autre. Il avance jusqu'à la porte du bureau suivant et entre sans hésitation. C'en devient inquiétant. Il referme et se tient au milieu du couloir. D'autres portes l'appellent, puis d'autres portes, lorsque des pas pressés se rapprochent.

— Que vous arrive-t-il ? Que faites-vous par ici ? Je ne vous voyais pas sortir du bâtiment et vous ai cherché… Que faites-vous de ce côté ?

— Je crois que j'ai perdu mon chemin. J'étais encore dans mes pensées, dans notre discussion…

— Suivez-moi. Cela se produit fréquemment, d'ailleurs, ici. C'est pourquoi je guettais votre sortie ; pour vérifier.

⋆

Après quelques détours, Denner le reconduisit jusqu'à l'ascenseur et lui représenta qu'il ne devait surtout pas hésiter. « Vous pouvez m'appeler dès que vous voulez, dès que tout s'éclaircira en vous… » Dans la rue, il se mit à avancer sans but, contrarié. Pourquoi avoir hésité à signer au tout dernier moment ? Quant à ce qu'il avait vu ensuite, cela ne changeait rien, la chose était tout bonnement extraordinaire. Il marcha un bon moment sans ressentir le poids de la chaleur.

Car Antoine Blin avait l'esprit ailleurs, c'est-à-dire nulle part, et n'aurait su dire par quel chemin il avait fini par déboucher au bord d'un canal qui ne lui disait rien. Que lui arrivait-il ? Il s'assit sur un banc, repoussant un journal avant de le reprendre et de le feuilleter. L'eau du canal n'allait nulle part et, n'allant nulle part, avait, selon le procédé du collage, juxtaposé une jolie collection de déchets à sa surface : pneus, bouteilles, papier journal, sacs en plastique, petite nature morte flottante dans laquelle un œil averti aurait distingué l'anamorphose parfaite d'une civilisation fatiguée. Depuis quand n'avait-il pas quitté la ville ? Il n'en avait plus la force ni le goût. Que lui arrivait-il ? Pourquoi l'entretien l'avait-il autant remué ? De toutes les phrases de Denner, il se répétait l'une des premières : « Vous avez bien fait de ne pas rester seul. Seul, vous ne pouviez plus rien, dans la situation où vous étiez. »

Dans sa vie, désormais, Antoine ne serait plus tout à fait seul et cela le chiffonnait pour de vrai, par moments. Si dans des instants de lucidité il se savait incapable d'imbriquer son existence dans la marche du monde, cet état-là, il le savait aussi, ne durait jamais longtemps. À force de vivre à l'écart des courants, d'avoir avec ses congénères des rapports de plus en plus distendus, ténus (il pouvait passer une nuit de travail sans échanger plus d'une phrase avec ses collègues), il en venait à se considérer comme un privilégié ; il pilotait de manière à éviter tout écueil humain. Une guerre aurait-elle éclaté, il ne risquait absolument rien. Le monde avait appris à le contourner, chacun savait pertinemment qu'il n'était pas dans le coup. Peu à peu, Antoine avait réussi à éliminer tout frottement superfétatoire avec ce monde et de cet acquis, il n'était pas mécontent, souvent.

La pestilence du canal congédiait les importuns. Il ouvrit grandes les narines pour humer sa peau. Son odeur avait comme disparu dans celle du canal. Voilà, se dit-il, c'est ici qu'il me faudrait vivre. Car il s'en doutait, dès qu'il aurait levé le camp et retrouvé un air moins vicié... L'autre jour, il avait été à deux doigts de déclarer au toubib C'est la mort que je sens, docteur, par anticipation, il suinte de moi un peu de mort pour me faire comprendre que ça y est, ça a commencé. Il ne lui en avait rien dit, doutant que ses réflexions rencontrent un quelconque écho chez l'autre.

Parfois, il se disait qu'il devrait récrire à Blandine Bénard. Retenter sa chance, mais avec beaucoup d'humour, et aussi, comment dit-on, de la *noblesse d'esprit*, une hauteur de vue qui lui en imposerait. Qu'est-ce que cela lui coûterait, et qu'attendait-il ? De l'autre côté du canal, tout à l'heure, un homme était assis. Maintenant qu'Antoine émergeait de ses pensées, il s'apercevait qu'il avait disparu. Voilà un type qui a à faire, se dit-il. Un battant... Dans le journal qu'il avait feuilleté en arrivant, il était question d'un condamné exécuté la veille, par injection *létale*. C'était un gars de quarante-deux ans auquel on reprochait d'avoir, en compagnie d'un complice, assassiné un gars de vingt ans, seize ans plus tôt, dans l'appartement qu'ils cambriolaient, tout ça pour prendre vingt dollars et une chaîne stéréo. Ils lui avaient administré trente-neuf coups de couteau et l'avaient tabassé, aussi, avec un bock. Voilà bien le seul article qui avait intéressé Blin, d'autant que ce gars-là, l'injecté, portait un nom de famille aussi banal que le sien. Dick Moinel. Après s'être fait pincer par les flics, Moinel avait croupi seize ans en taule. Ils avaient mis seize ans à doser la seringue. Pour son dernier repas, était-il écrit, Moinel avait commandé dix tacos de bœuf, douze enchiladas, deux doubles cheeseburgers, du poulet frit, des spaghettis, une part de gâteau au chocolat, une pâtisserie à la vanille, des cookies, une glace à la crème et deux Coca, deux Pepsi, deux autres boissons gazeuses à base d'extraits végétaux et un jus d'orange. Il avait bâfré à en éclater. Dans la puanteur du canal, Antoine a imaginé la naissance de Dick Moinel, le bonheur de ses parents devant le bébé, devant ses premières stations verticales, puis le jour où il s'était risqué à babiller des mots. Doucement, il a fait le chemin en pensée jusqu'aux tacos tragiques, à sa victime dont il n'était question qu'en une seule ligne et aux centaines de milliards de neurones qui avaient abouti à ce repas de Gargantua au goût de chiottes, avant la piqûre. Dans la puanteur du canal, comme tout à l'heure dans le bureau de Denner, Blin s'est remémoré une phrase du grand livre, ô pauvre mémoire qui avait dû s'y reprendre tant de fois avant de réussir... C'était une phrase sur la conscience. Ce trésor *dont nous sommes si fiers ne serait qu'une simple fonction témoin, un voyant qui s'allume au bout d'une longue chaîne de processus électrochimiques dans les neurones. Nous n'avons en fait que l'illusion d'être au poste de contrôle, sans jamais jouir d'aucun libre arbitre*. Dieu qu'il avait cravaché pour bien en saisir le sens et le retenir, un soir, chez lui, puis la nuit au travail. L'histoire de Moinel l'assassin pour vingt dollars, qui se bourra d'ordures avant sa fin du monde, mais aussi son histoire à lui, avec sa comparution devant l'homme du syndicat, lui a paru découler de cette enfilade de mots qui l'éclairait, Antoine Blin, dans son labyrinthe intérieur. Peut-être avait-il manqué à Moinel une visite de Denner, seize ans auparavant, à la veille du cambriolage.

*

Dans les appartements de l'insouciance, les meubles vivent en virtuoses. Ils s'épanouissent, cultivent un air de négligé qui leur va si bien entre les tableaux, les photos sous verre signées par un artiste sur lequel on mise. On est après le crépuscule. À quel jeu Antoine se prête-t-il ? Arroser des plantes, nourrir les poissons d'un aquarium et lever le courrier de ces deux-là, tout ça parce qu'ils avaient été au lycée ensemble et ne pouvaient détacher d'eux-mêmes cette période à laquelle était soudée une amitié moribonde, relation fossile qui fonctionnait encore grâce à des références usées. Antoine s'est arrêté dans leur séjour. Tout débordait d'harmonie et de pensées justes, de goûts très sûrs, d'un art de vivre consommé. L'unique dîner auquel il avait été invité ici remontait à deux ans et il s'est retrouvé d'un coup à deux pas de la table où il avait fait si piètre figure. Ce n'était pourtant qu'un repas entre anciens du lycée ; quoi de plus complice que le gouffre du temps ? Autour d'une belle table ronde, en merisier avait insisté Ludivine comme si cela renforçait la saveur des mets qu'un traiteur *excellent* avait livrés ce soir-là. Antoine Blin s'est effondré sur leur futon. C'était le moment de la journée où cette partie du monde faisait le plein d'ombres, où la lumière ne subsistait que par flaques, par un jeu de réverbérations, et la semi-obscurité laissait croire que ce qui allait suivre ne serait plus tout à fait aussi accablant, aussi vain.

Bientôt, cette soirée serait devenue un souvenir. Antoine avait entrouvert les fenêtres et les rideaux de velours ondulaient ; il arrivait même qu'ils se soulèvent un tantinet. Sur une table noire poussée contre le mur bourdonnait un aquarium. Une colonne de bulles s'élevait sans cesse, que les poissons fendaient par jeu. Certains étaient phosphorescents. Antoine Blin sentait s'installer un apaisement profond. Avoir revu en lui le soleil qui ne se couche jamais lui faisait du bien. Il repensait à Denner, à son air bonhomme, à ce qu'il lui avait dit et ça aussi, ça faisait du bien. Si seulement il avait pensé à porter ici le grand livre… C'est ici qu'il aurait aimé se nourrir de ses phrases, de ses photos. Quelle qualité de lecture, à des civilisations de distance de son deux-pièces ! Ici, c'était un cinq pièces au sixième étage, dont le balcon spacieux confinait à la terrasse arborée. Quelle heure était-il, au Vietnam ? Ils avaient dû le lui dire, lui répéter combien d'heures il convenait d'ajouter mais il avait oublié. Sept ? Ou six : cela donnait du trois heures du matin là-bas, ou quatre, peu importe. Ils dormaient. Malgré la chaleur poisseuse et les cancrelats, ils avaient observé quelques heures plus tôt un rituel amoureux en vertu duquel ni l'un ni l'autre ne devaient démériter. Leur plaisir aussi était rentable. Quant au repas du soir, il avait été exquis. Le lendemain, ce serait excursion à bord d'un sampan. Ludivine achèterait dans une boutique *chou* une chemise en soie qui lui irait si bien, *tu ne peux pas t'imaginer comme tout te va*, bêlerait Franck qui la photographierait sous toutes les coutures et postures pour l'afficher au-dessus de son bureau comme aux quatre coins de l'appartement où elle déambulait déjà à demi nue, punaisée jusque dans la bibliothèque, avec des légendes tellement humoristiques. Merde, a pensé tout à coup Antoine. Que se lèvent dans la nuit d'Indochine des colonnes de Viets qui aillent trancher d'un coup de sabre leurs têtes bien-pensantes... Dieu comme je les hais... Comme je hais les couples merveilleusement huilés... Associé à Ludivine, Franck était devenu un spot publicitaire perpétuel. *Around the clock*, auraient-ils dit. Antoine Blin s'est redressé. L'aquarium : il venait de juger le niveau d'eau de l'aquarium trop bas à son goût. Tu trouveras un pot à eau dans la cuisine s'il faut en rajouter un peu, avait couiné Ludivine. Sentant monter maintenant une colère étrange, il s'est hissé sur une chaise et a déboutonné sa braguette, uriné dans l'aquarium avec un plaisir qu'il a jugé vif. Ensuite, conformément aux instructions, il a répandu à la surface une fine pellicule de daphnies séchées, avec des compléments nutritifs, et conclu le tout par un crachat. Un peu plus et il aurait saisi une chaise pour défoncer la paroi vitrée de cet océan d'opérette mais singulièrement, Denner venait de le retenir. Une main posée sur son épaule au bon moment, et deux mots murmurés : « Allez, laissez... » Pourquoi avait-il eu une hésitation, tout à l'heure ? Qu'est-ce donc qui l'avait retenu de signer, de se rendre à l'évidence ? *Un pauvre type.* Comme il avait raison... Blin a arrosé les plantes une à une, toute colère retombée, veillant à n'en oublier aucune.

Puis, ayant encore du temps avant d'aller au centre de tri, il l'a mis à profit pour inspecter l'appartement. C'était une part infime d'un vieux rêve qui s'accomplissait enfin : disposer d'un passe qui lui aurait permis de visiter, pendant que leurs occupants étaient dans l'exil doré des vacances, tous les appartements de cette ville. Pouvoir les fouiller, quand bon lui semblait, en quête d'indices. Un message écrit l'aurait mis sur une piste, un gisement de courrier l'aurait comblé. Une trousse de médicaments, des contraceptifs, tout cela l'aurait intéressé. Un projet de testament. L'arme du crime parfait. Une empreinte génétique. Or rien. Cet appartement débordait de son propre vide. Antoine Blin était venu comprendre pourquoi Franck en était arrivé là et lui non, et il allait repartir bredouille. Peut-être n'y avait-il absolument aucune raison à tout cela et cette hypothèse le glaçait. En passant devant un miroir, il a surpris son visage. Dans le grand livre, il avait lu que seuls les grands singes se reconnaissent. Les petits, comme l'écrasante majorité des mammifères, non. Placés devant une glace, ils croient avoir affaire à un inconnu et Antoine Blin, ce soir, descendait des petits singes.

En quittant les lieux, il est repassé devant l'aquarium. Aucun poisson n'était sur le flanc, c'était à désespérer, et il avait la vessie à sec. Une nouvelle visite s'imposerait.

⋆

Une autre nuit s'écoule ensuite, pareille à toutes celles qu'il a vécues de mémoire d'Antoine Blin. Elle prépare un nouveau jour par le bon vieux procédé d'écrasement par la fatigue. Quelque part dans le grand livre dont la lecture est sans fin, il est écrit qu'une des propriétés communes à tous les êtres vivants, sans exception, est d'être « des objets doués d'un projet ». La formule est d'un biologiste célèbre dont le nom lui échappe. Si l'on s'en tient à cette définition, il se dit que, jusqu'à la veille, peut-être n'était-il pas en vie, or il va faire son entrée aujourd'hui même dans le règne des vivants, ayant perdu toute réticence à signer.

V

Brûler Blandine

Cet homme d'un autre âge a quelque chose de trop sérieux. Peut-être aussi de mélancolique, dans le regard. Avec ses épaules tombantes, son costume noir rehaussé par une chemise immaculée et un nœud papillon large qui devait être en usage à l'époque, on verrait en lui un premier de la classe, n'étaient ses cheveux grisonnants. Son portrait démultiplié comme par un kaléidoscope est le seul ornement sur la page de couverture, avec le titre et le nom de l'auteur. « C'est un petit texte, je veux dire un texte court, dont nous proposons la lecture à chaque nouveau signataire, pour préparer la première réunion à laquelle il participera, lui expliquait Denner. Une vingtaine de pages, mais vous n'êtes pas obligé, et prenez votre temps, surtout. C'est à déguster lentement. Je vous le donne. C'est écrit par un Américain d'il y a un siècle et demi, un homme très brillant, à nos yeux. Vous comprendrez mieux pourquoi lorsque vous viendrez nous écouter. Il avait refusé de payer ses impôts parce que l'État dans lequel il vivait continuait d'autoriser l'esclavage, et parce que le gouvernement venait de déclarer la guerre à un pays lointain. Un gars qui avait une sacrée trempe. Il a payé ses idées au prix fort, un séjour en prison, parce qu'il avait agi seul. S'ils avaient été nombreux… Je vous rassure, monsieur Blin, il n'est resté qu'une seule nuit derrière les barreaux, et vous, vous n'irez pas en prison. Les temps ont changé, la prison n'est plus nécessaire pour ramener l'individu à la raison. Voici, prenez-le. Parce que, pendant cette réunion, voyez-vous (j'oubliais de vous dire qu'elle ne s'adressera qu'à des nouveaux venus), nous vous exposerons les enjeux de votre démarche. Vous serez toujours libre de partir quand vous voudrez, nous ne ferons aucunement pression. Nous ne sommes ni une secte ni un parti, nous sommes autre chose, du côté de la société philanthropique, semi-secrète peut-être, qui agit à moitié au grand jour, à contre-jour si vous préférez, et probablement sommes-nous infiltrés depuis longtemps, qu'importe, ou tant mieux… Voilà », fait-il en lui tendant le même formulaire et en lui répétant la mention à ajouter de sa main, au bas de la page, avant de signer. Cette fois-ci, Antoine Blin écrit machinalement, avec le stylo plume à disposition sur le bureau, avec l'air pénétré de qui, en quelques mots, décide que sa vie entre dans une ère nouvelle. C'est ensuite seulement qu'il a la présence d'esprit de lire le formulaire dans son entier et en conclut qu'il est d'accord. À la fin de sa lecture, cependant, ces mots de sa propre écriture, *Je reconnais être un pauvre type*, lui font mal. Tout jeune, à cinq ou six ans, il avait bravement appris comme tout le monde à former les minuscules et les majuscules sous le regard d'un maître. Il lui vient à l'esprit que les efforts du petit enfant, matin après matin, ont tendu vers cet objectif, aujourd'hui : rédiger ces aveux obtenus sans la moindre torture, si tant est que les trente-huit ou trente-neuf années écoulées dans l'intervalle n'ont pas été que ça, de la torture à feu doux. Et cela doit le remuer en profondeur, car à moins de deux mètres de Denner, son estomac produit des gargouillements sonores irrépressibles. Il relit encore les mots de sa main et ses yeux vont de la feuille au visage patelin de Denner. Il se sent libéré, au fond. Quelque part, derrière lui, des ponts viennent de sauter. Désormais, rien de ce qui le poursuivait ne le rattrapera. Le voici libre. Denner le félicite par des mots de bienvenue, en reprenant le formulaire. Il apprendra maintenant à connaître la grande famille à laquelle il appartient. Et tout en écoutant ces mots chaleureux, Antoine revoit la lumière qui ne s'éteint jamais. Cette fois, ce n'est plus le fait des stores par lesquels le soleil tamisé s'invite. Il revient en pensée à l'été de ses quatorze ans, avec ses journées sans véritable fin et, quoique cela reste enfoui en lui sous l'épaisse couche des ans, se rappelle le coup de foudre sans lendemain qui avait marqué ces journées-là. Elle s'appelait aussi Blandine et ils avaient flirté en se jurant ce qu'on se jure à quatorze ans. Aujourd'hui, il mesure combien la lumière intense de ces journées-là, réduite aujourd'hui à l'état de braise, rase encore son horizon. Antoine Blin a commencé trop bien dans la carrière amoureuse et à l'aune de cette Blandine, a toujours placé haut la barre des attentes. Tout s'annonçait de si bon augure et pourtant, grand blessé de l'adolescence, il n'a jamais réussi à entrer comme il convient dans l'âge adulte. Bien sûr, lorsque dans les colonnes d'un gratuit, au fond d'un chariot, l'annonce d'une Blandine a retenu son attention, il n'a pas pu s'empêcher de lier les deux homonymes. Peut-être, l'utopie de reprendre longtemps après des amours inabouties l'a-t-elle effleuré, jusqu'à ce qu'il reçoive la première lettre et comprenne que cette Blandine était tout autre. De l'une à l'autre, les vies d'Antoine Blin s'entrechoquent. L'irruption de Denner, il n'en doute pas, l'aidera à oublier l'humiliation de l'été précédent. Souvent, il se dit que ce Denner lui a lancé une bouée au moment précis où les eaux montaient dangereusement. Il va l'aider à tenir bon. Tout d'abord est venu le grand livre, puis ce syndicat pour paumés. La chance, sourit-il en relevant les yeux vers l'autre.

— Bref, continue Denner, vous apprendrez tout ce qu'avec notre concours vous pourrez trouver en vous qui vous enchante et vous redonne le goût de vous-même, j'insiste. Nous aurons à vous parler du *but*, car maintenant que vous avez signé, vous êtes tenu de connaître le *but*. Nous vous expliquerons quelles sont nos armes, même si je n'aime pas ce mot, pour atteindre le but. D'ici là, il vous faudra un peu de patience encore ; pour la date, je vous tiens au courant.

*

Les jours avaient passé avec peine. Denner restait joignable, disait-il, malgré des déplacements dont il ne disait rien. Il n'y avait qu'à attendre. En sortant de l'entrevue, Antoine Blin avait pensé brûler la photo de Blandine, il se sentait si fort. Puisque tu es si fort, s'était-il ravisé, garde donc cette photo. Tu ne la brûleras que si tu te sens mal, pour couper le dernier pont.

Il semble qu'une loi de physique fondamentale, dont la formule n'a pas été percée à jour, veuille qu'avec l'élévation de la température et du degré d'humidité, le temps se trouve freiné, doive passer par un goulot d'étranglement ou contourner des obstacles que la chaleur dresse, même s'il feint de s'écouler comme à l'ordinaire, faisant tomber les nuits, lever les soleils pour donner le change. Depuis qu'il avait entamé la lecture du *grand livre*, Antoine Blin s'était persuadé qu'une machine était à l'œuvre en lui et qu'elle creusait, grignotait. Il était une manière de mine au fond de laquelle des pioches cognaient en quête d'un minerai rare et difficile à extraire, et cela lui faisait tour à tour du bien et du mal. Cette certitude s'accompagnait d'une angoisse sourde qui allait et venait à la cadence de giboulées en laissant poindre parfois des embellies saturées de lumière. Oh, cette lumière ! La météorologie intérieure d'Antoine Blin n'était plus uniforme. Une lumière comme ça, il n'en avait plus connu depuis l'adolescence. Il n'oubliait pas son odeur mais la reléguait simplement au second plan, dans un bric-à-brac où patiente tout ce que dans la vie on aimerait remettre en état un jour — projets de fuite, rêves, vengeances. On verrait. Il soulèverait la question. Oui, le *grand livre* le jetait tour à tour dans des états d'esprit radicalement différents, qui se succédaient parfois dans la même journée, si bien qu'il finit par espacer les séances de lecture. Il en venait à penser que ce livre lui avait été envoyé comme châtiment. Qu'avait-il besoin de lire, au fond, lui qui s'en était toujours passé ? Dans les grands creux où le plongeait le doute, il remarquait de nouveau combien il sentait. Prendre douche sur douche ne résolvait rien. Il rêvait d'un passage des saisons, d'une ville stérilisée progressivement par le froid. L'hiver, les odeurs gèlent un peu. Quant à l'opuscule que Denner lui avait mis entre les mains, il l'avait posé à l'endroit des choses importantes et ne s'en souciait guère. Henry David Thoreau. Non, décidément, il préférait entendre ce qu'ils avaient à lui dire. Il jetait un œil sur la couverture et sur le portrait de l'homme sérieux aux épaules tombantes, en se souvenant de son histoire. Protester contre une guerre en cessant de payer ses impôts... Il souriait, lui qui ne gagnait pas assez pour en payer.

Parfois, tout à coup, il se retrouvait au bord d'un projet. Quelque chose d'imprécis était *sur le point de*. Sortir d'une vie entre parenthèses, était-ce donc possible ? Ces derniers jours, des souffles légers avaient surpris les passants. La radio était pourtant formelle, une canicule de premier ordre campait sur la ville. Dès le milieu de la matinée, on ne touchait plus les objets métalliques au soleil. La ville brûlait sans flammes. Oh, tous ces signes avant-coureurs de projets... Le grand livre n'était pas seul en cause. Blin gardait vives en tête des phrases de Denner, le jour de la signature. Il les avait même notées et les relisait comme certains passages du livre. Il ne se passait rien. Pourtant les pensées défilaient, plus nombreuses qu'avant. De temps à autre, la nostalgie l'emportait. Il regrettait l'époque où il allait sous le catalpa, qu'on devait avoir abattu au jour d'aujourd'hui. Puis ces impressions s'évanouissaient, aspirées par le trou noir en chacun de nous, jamais rassasié, qui vole nos souvenirs et nos émotions et accélère le cours du temps.

Antoine Blin avait beau avoir signé, s'être vu promettre qu'on l'appellerait pour l'inviter à la première réunion, le défilé de journées égales les unes aux autres le plongeait dans un trouble profond. Rien n'était plus comme avant. Chaque lendemain était une manière de clone de la veille et ce talent d'imitation du temps par le temps, qui, chez lui, avait fait figure de norme, ne lui suffisait plus. Aussi incapable d'agir ou de se mouvoir que les arbres dans lesquels la sève peinait à monter, il guettait une eau qui ne venait pas. C'était comme si, ayant acquis soudain la faculté de palper l'intérieur de son corps, il étendait la main le plus loin possible sans rien rencontrer. Quelque chose avait été désaccordé dans la boîte à musique qui avait donné jusqu'à présent le *la* de ses jours.

⋆

Un jour, le Syndicat l'avait averti par téléphone de l'imminence de la réunion, mais on l'avait rappelé plus tard pour lui signifier son report. On l'aviserait.

Ce jour-là, le gardien de l'immeuble lui avait annoncé que son neveu passerait dans la soirée, à l'heure du dîner, rapport aux insectes, s'il n'y voyait pas d'inconvénient. La consolation était maigre mais si ce type pouvait le débarrasser de l'invasion qu'il se lassait de repousser chaque soir, la journée ne serait pas passée en vain. L'entomologiste s'était présenté à sa porte à la nuit tombée. Non, il ne dérangeait pas. À peine avait-il salué qu'il s'était mis à causer en fronçant des sourcils, à parler antennes, pattes et abdomen, en utilisant des mots qu'Antoine n'avait jamais entendus. Lorsqu'il avait aperçu le grand livre, il avait haussé le menton dans sa direction pour demander si c'était lui, Blin, qui lisait ça, mais il n'avait pas pris la peine de le feuilleter et Blin avait souri, mal à l'aise, lui qui avait posé le livre bien en évidence en se disant que l'autre l'ouvrirait peut-être, mais non, son visiteur campait au milieu de la pièce. Il avait humé l'air et reparlé abdomens et mandibules dans une langue que son hôte ne comprenait pas. Antoine Blin avait insisté, le traitement anticafard n'était d'aucune efficacité sur ces insectes-là. Ce qu'il voulait, c'était trouver un poison à la mesure de cette vermine, voilà ce qu'il attendait de cette soirée minable, un conseil, la marque d'un produit, une adresse où se le procurer. L'entomologiste, plongé dans ses réflexions, ne prêtait pas attention à Blin. Il était question dans sa voix de rostre, de thorax et surtout de l'abdomen aplati au dos duquel les motifs mériteraient une attention particulière. Car un hétéroptère de la sorte, avec de tels « motifs », il n'avait jamais vu. Il avait transmis l'exemplaire mort à l'institut, où tous étaient formels : un tel insecte n'avait jamais été répertorié. Voilà la branche inconnue d'une famille d'hétéroptères connue, avait diagnostiqué le visiteur avant d'en venir au fait : il lui faudrait, au nom de la science, pouvoir revenir en compagnie d'un professeur de l'institut et les observer à la nuit tombante, oui, comme de grands fauves si ce n'était pas trop abuser de son temps ; mais non, mais comment... Antoine Blin lisait déjà, en légende d'une photo ou en gros titre de revues scientifiques, son nom latinisé pour désigner la nouvelle espèce : le charançon *Blinium*, le cafard *Antoneus*.

⋆

Pour l'homme qui gagne peu et ne peut partir en vacances, la disparition soudaine du travail creuse un gouffre dans la platitude des jours scellés les uns aux autres par la routine. Antoine Blin a atteint ses congés payés. Très tôt, la chaleur est encore supportable et il veut avoir une activité physique, le médecin le lui a conseillé. Il marche vers le canal, va retrouver le banc où il s'est assis l'autre jour. Tuer le temps avant qu'il ne nous tue. Depuis plusieurs semaines, aucun nuage ne fend le ciel. Viendra-t-il encore un automne ? Et si, à l'été, succédait un autre été ? Le voici, au bord du canal. Plus besoin de déodorant, de protection antitranspiration, formule douce, sans alcool, plus besoin de « prévenir la formation d'odeurs » comme ils écrivent sur les flacons. Ici, tout pue. Il reconnaît la bouteille en plastique : elle n'a pas dérivé d'un centimètre. Par un phénomène d'association, il songe aux anguilles qui, en réponse à un signal mystérieux, entament leur voyage en eau vive avant de prendre le large.

Le soleil suit sa trajectoire au millimètre près, au-dessus d'une pelouse paille. Le report de la réunion accable Antoine Blin, sans qu'il sache trop pourquoi. Si seulement il avait le courage d'ouvrir l'opuscule qu'on lui a remis. Ce courage aussi lui manque. Le soleil tape jusqu'à l'intenable. Revenir... Denner aura peut-être laissé un message sur le répondeur. Qu'attendre de lui ? Et si on cherchait à l'attirer dans une secte ? Un soir, à la télévision, il a surpris un débat sur une secte dont les adeptes étaient tenus d'avoir une sexualité *débridée*, alors il a renoncé à éteindre le poste et regardé jusqu'au bout. La secte avait délégué sur le plateau deux ambassadrices de charme, intelligentes, parfaitement bien roulées. Et si, s'est-il dit, ce n'était pas elles, la vraie secte, mais le reste du monde, qui ponctionnait sur son salaire un loyer meurtrier et l'envoyait de nuit trier des lettres ?

La matinée est bien engagée lorsqu'il pousse sa porte. Pour la première fois depuis des semaines, il prête attention au téléphone, or oui, l'appareil a mémorisé un message. Denner a donc rappelé, fidèle à sa promesse, et Antoine Blin prend son temps, se douche d'abord, s'asperge d'un nouveau déodorant, boit un grand verre d'eau avant de prendre connaissance du message.

Ils le rappelleront *dès que possible*. Plusieurs fois, il a réécouté pour tenter de comprendre ce qu'explique une voix féminine et jeune. Une chaîne de télévision à très forte audience, celle-là même où il a vu l'émission sur les sectes, souhaite prendre contact avec lui, *au plus tôt*.

VI

Des chiffres familiers

Voici Antoine Blin à la croisée des chemins mais il ne le sait pas. C'est un constat que l'on fait généralement sur le tard, à rebours, lorsque l'on ne peut plus remonter aux jonctions décisives. À quarante-quatre ans, il a achevé la lecture de deux chapitres du grand livre, lequel en compte six. Son odeur ne désempare pas. Quelle odeur, en fait ? Elle lui rappelle parfois, en plus atténué, celle d'une punaise qu'on écrase, or non, ce n'est pas ça. Il n'a jamais pu définir ce qu'il sentait, et nul ne lui a été du moindre secours.

À quarante-quatre ans, Blin n'est guère avancé sur lui-même. Le grand livre lui a appris d'où il venait, en tant qu'individu d'une espèce, et probablement en sait-il enfin un peu plus des phénomènes à l'œuvre en lui. Parfois, il applique sa vie sur celle qu'il aurait dû avoir et compare, dresse la liste de ce qui manque. À son âge, il devrait être marié ou divorcé, ou remarié, avoir deux enfants dont un entamerait des études supérieures et l'autre chercherait du travail. Il devrait avoir pris du poids et pas seulement celui des ans, sentir venir les premiers ennuis de santé, pour que ses traits acquièrent une apparence de sérieux. Ses neurones devraient avoir stocké infiniment plus de souvenirs et d'expériences. Il devrait connaître la vie, la sienne en tout cas. Alors qu'il avance dans la seconde mi-temps de son existence et que la partie semble jouée, il vient de comprendre qu'une machine d'une complexité inouïe tourne à plein régime dans sa tête qu'il dorme ou non, jour et nuit. Et qu'en fait-il ? Comme la plupart des hommes de son temps, rien. Tôt ou tard, à quatre-vingts ou quatre-vingt-cinq ans, ce sera terminé, ou tout comme, on a mis au point aujourd'hui une infinité de paliers entre la vie et ce qu'on appelle du bout des lèvres le décès. Cette machine qui tourne dans la tête, lorsque son cœur s'arrêtera de battre, pourrait encore fonctionner à merveille si on la transplantait ailleurs, si on l'alimentait convenablement et lui administrait les décharges électrochimiques grâce auxquelles une information saute d'un neurone à l'autre. Mais à quoi bon faire trimer encore ce cerveau ? En quoi son bilan est-il meilleur que celui de Moinel, qui a achevé son parcours avec une piqûre, comme un vieux chien paralysé ? Toutes ces questions empestent, et dire qu'il ne se les posait jamais, avant… Elles sont apparues dans sa tête au même moment que l'odeur, oui, maintenant qu'il y réfléchit…

La chaleur alourdit l'air et cet air danse au ras des toits. Il réécoute le message féminin parce que c'est à ne pas y croire, si ce n'est pas une farce. Et puis quoi, si c'était une farce, la femme n'aurait pas cette voix sérieuse pour assurer qu'on le rappellerait si lui-même ne le faisait pas ; elle a laissé *son numéro de poste*, à son bureau.

Machinalement, il allume le téléviseur et recherche la chaîne en question. Une jeune invitée (vingt ans ? vingt-deux ?) interroge quatre gars de son âge qui ne la voient pas et qu'elle ne voit pas non plus. Chacun occupe une case isolée des autres par des cloisons blanches et hautes, sur le *plateau*. Il connaît le concept : à la fin, la fille, qui a éliminé deux types entre-temps, arrête son choix. Un des quatre roucoulera tout un week-end avec elle. Ils seront logés dans un cinq étoiles, nourris, charge à eux de vérifier si *ça passe entre eux*. Un jour, longtemps avant la grande chaleur, Antoine avait croisé un couple gagnant. Le garçon et la fille descendaient une avenue célèbre main dans la main, sans un mot. Que sont-ils devenus l'un pour l'autre ?

Aujourd'hui encore, l'émission exerce le même attrait sur lui. Au bout d'une demi-heure, il éteint le téléviseur et réécoute la voix, *Monsieur*

Blin, bonjour. Adeline Thibaut-Jensac, de La Chaîne. *Nous nous permettons de vous contacter au sujet d'une émission nouvelle dont nous aimerions vous expliquer le concept. Il serait bien que nous en discutions rapidement, c'est très important. Nous vous rappellerons dès que possible, mais vous pouvez aussi me téléphoner. Voici mon numéro (…). Je me permets d'insister, c'est très important pour nous et peut le devenir tout autant pour vous, très vite. C'est ce que nous souhaitons tous, ici.*

Important… Qu'a-t-il, ce mot, à rôder tout d'un coup dans sa vie ? Ce doit être une erreur. On a dû le confondre avec un homonyme, à moins que ce ne soit une farce… Idiot ! Qui gaspillerait son temps à enquiquiner un gaillard comme lui ? Sur le minuscule écran, le numéro d'appel s'est inscrit en chiffres sombres. Il veut en avoir le cœur net et vérifie auprès des Renseignements qui confirment, La Chaîne.

Étrangement, ce numéro ne lui est pas inconnu. Que peut-il lui rappeler ? Plus il le regarde et plus il lui paraît familier. Il n'a pourtant jamais appelé cette chaîne pour quoi que ce soit… Sa certitude porte à tout le moins sur les six premiers chiffres, comme si cette Adeline occupait un poste parmi d'autres au cœur d'un dispositif bien plus vaste qu'une simple télévision et dont, un jour, il aurait contacté un autre département… Et ces chiffres-là avivent un singulier sentiment de honte, saupoudré de dépit.

Au-delà, il ne sait plus, mais peu à peu, ils réveillent quelque chose de redoutable. Voilà que le voile se déchire. Ce qu'il aperçoit est à la fois abstrait et horriblement net. Lequel d'entre nous n'a jamais composé un des numéros tentateurs qui jalonnent nos journées, proposent leurs services lucifériens à qui n'a plus ni l'envie, ni la force d'être lui-même ? Qui soutiendrait qu'on l'a toujours ficelé au mât quand se profilait le rocher des sirènes ? Pour Antoine Blin, résister a toujours été suivi de près par deux mots gluants : en vain. Oh, tous ces jours enfuis, passés à écouter les sirènes chanter, pour que toujours et encore la vie ne soit rien d'autre qu'une longue, longue partie de cartes dans l'arrière-salle surchauffée d'un vieux café, avec ses petites règles et ses rebondissements dérisoires, tout ça pour oublier le temps et ce qu'on aurait pu en faire... Oh, combien de jours, d'années de sa vie n'aimerait-il pas revivre mieux en congédiant les sirènes qui serinent la même antienne : *Confie-nous ta vie, Antoine, et tu ne connaîtras plus aucune douleur, aucun doute... Confie-la-nous et nous en effacerons les taches... Ne crains rien, elle ne ressemblera plus à rien mais elle ne te fera plus peur, tu verras...* Longtemps, il a vécu à l'écart de lui-même, désireux de repasser le mur des tentations pour se *retrouver ;* avec son syndicat, Denner ne peut mieux tomber aujourd'hui. Voici le berger qu'il lui fallait pour le reconduire vers lui-même. Tous ces mots que cet homme a eus sur l'estime de soi, Antoine Blin les réentend avec bonheur. Non, ce n'est pas une farce qu'on lui fait en ce moment. Le « Centre des tentations et ses sirènes », comme il le désigne dans son for intérieur, se rappelle à lui pour l'éprouver... Voilà le moment venu, inutile de chercher à s'y soustraire. Cela faisait longtemps, depuis Blandine probablement. La *seconde* Blandine. Cette fois, attention : ils vont voir ce qu'ils vont voir. Ils ignorent encore de quel bois se chauffe maintenant la proie Antoine Blin, qui saura les mener par le bout du nez, et comment, ils ignorent qu'il n'est plus totalement seul.

Bien que la chaleur ait monté d'un cran, des ouvriers ont entrepris d'installer des échafaudages en face, pour un ravalement. C'est expliqué en lettres énormes sur un panneau blanc aux belles lettres bleues :

RAVALEX RAJEUNIT
VOS FAÇADES

Plusieurs mois, ont-ils dit d'en bas en gueulant, ça prendra plusieurs mois. En attendant, il faudra trois quatre jours pour élever un dédale de poutrelles et de barres jusqu'au toit. Bientôt, il ne distinguera plus les appartements du vis-à-vis, ces petites boîtes qu'il regarde depuis toujours comme les alvéoles d'une ruche triste avec le vieux en short, la brunette dont les seins, certains soirs, pendent à ciel ouvert. Les barres s'entrechoquent. Inerte mais en alerte il attend, intrigué, dubitatif. Vaincu par la température, il s'est allongé. Puis voilà qu'au bout de ce long après-midi, le téléphone sonne. Étonnant comment, avec quelques mots mémorisés sur une bande, il a pu imaginer son visage à elle. Car, au moment où il va pour décrocher, il se représente très nettement cette Adeline à l'autre bout

VII

La grève de la vie

mais ce n'était pas elle, c'était moi, André Denner. J'ignorais quelles étaient ses attentes à ce moment précis et j'ai perçu dans sa voix une pointe de déception. Il s'est repris aussitôt, cela lui faisait plaisir de m'entendre et je me suis dit sottement — faut-il être sot ! — que la partie était gagnée. Voilà, ai-je fait, nous avons le plaisir de vous inviter à la réunion que nous organisons pour un groupe de nouveaux adhérents. La première est toujours la plus importante, il faut que vous en soyez. Nous comptons absolument sur votre présence. Je ne peux rien promettre encore, mais Alfred Torsvan sera probablement des nôtres. Au siège, oui, exactement, et je lui ai donné la date et l'heure. Il manifestait maintenant de l'impatience. Lorsqu'il a raccroché, j'ai rapporté notre conversation à Torsvan et senti ce qui est rare chez cet homme, de la joie. « Prenez les dispositions que nous avons prévues, Denner. Notre heure est venue. »

Le recruteur que j'étais jubilait lui aussi. J'avais annoncé à Blin que la réunion aurait lieu dans quarante-huit heures, en fin d'après-midi. Oui, nous évoquerions le *but* et la pensée qui nous guidait, l'aide que nous étions en mesure d'apporter à chacun, ai-je souligné, et j'ai failli lui demander s'il avait lu le livre que je lui avais mis entre les mains.

⋆

Après la réunion, il s'est résolu à prendre le métro malgré sa tendance à la claustrophobie, parce que dehors ce n'était plus possible pour un homme. Dans la rame, un individu de forte carrure et de belle prestance s'est mis à le fixer des yeux de longues secondes puis a détourné le regard en souriant pour lui-même. Oh, ces sourires en coin… Ma chemise à carreaux, s'est dit Blin, ou le pantalon, pendant que l'autre descendait à la station. Moi tout court ? Moi. À la cinquième station, une voix de femme a hurlé dans les haut-parleurs que le service était interrompu à cause d'un colis suspect à N., merci d'emprunter les correspondances. Il a quitté vite fait ces boyaux fétides pour émerger dans la fournaise à la surface, comme tout le monde, avec les zones au soleil qu'il faut éviter à tout prix et qu'il faut traverser quand même. Ce n'est qu'au bout d'une demi-heure de marche laborieuse et d'une douche froide qu'il a retrouvé ses esprits et s'est mis à penser. Il s'est accoudé à la fenêtre pour surplomber sa petite victoire, la rue tout en bas, écoutant une voix autoritaire à la radio. Le Moloch prélève chaque jour son lot de sacrifiés. *Ce matin, un phénomène très rare a été signalé dans les environs de B. À l'avant d'une bande orageuse, une tornade a tout balayé sur son chemin pendant une demi-heure : voitures, étables, poteaux électriques. Ce genre de tornade, de classe F3 sur l'échelle de Fujita, soit une vitesse de vent comprise entre 300 et 320 km/h, est du jamais vu dans cette région. Les témoins parlent de toitures emportées et d'antennes projetées au loin comme des hallebardes, d'objets s'élevant en vrille. Sur la trajectoire du tourbillon, la majeure partie des personnes ont fui à temps et les maisons de pierre ont tenu bon, à l'exception des toitures. Selon un premier bilan, on ne déplore qu'une victime, une vieille dame surprise sur sa terrasse alors qu'elle rentrait des pots de fleurs à l'intérieur. Happé par la colonne d'air, son corps a été retrouvé quatre cents mètres plus loin dans un champ.*

Antoine Blin fronce les sourcils en imaginant le tourbillon qui happe la grand-mère, hausse les paupières à l'instant où il la relâche. Il a serré convulsivement l'appui de la fenêtre, s'en aperçoit et sourit, se décrispe un peu. Depuis la réunion, il se sent soulagé de quelque chose d'indéfinissable, allégé d'un poids correspondant peut-être, si ses calculs sont exacts, à l'addition de tous ses soucis. Il est différent ce soir, Antoine, qu'importe si dans son dos des bêtes crapahutent. Qu'importe si c'est la vieille d'à côté qui, à titre posthume, les lui envoie. Différent et *fort*, il se surprend à oser ce mot. Une force joyeuse. C'est pourtant bien ça, qu'importe si tout est dû aux phrases enjôleuses qu'il a entendues, au roulement des mots dans sa conscience deux heures après. Ils étaient une petite trentaine et on les avait priés de s'asseoir dans une salle proche du bureau de Denner, où un projecteur s'était mis en marche. Une mer indéterminée était apparue avec beaucoup d'écume et de soleil à quelques mètres d'eux. Cela avait duré des minutes, à ne rien faire d'autre qu'écouter la respiration de l'océan pendant son reflux sur les galets de l'écran. Tout le monde avait aimé ça pendant des vacances lointaines, ça les rappelait et faisait du bien à tous. Après un bref remue-ménage à l'arrière de la pièce, une voix était venue s'inscrire sur les vagues. Blin avait été soulagé de reconnaître celle de son recruteur. Certains s'étaient retournés pour voir qui parlait. Peut-être n'avaient-ils jamais rencontré l'homme qui s'exprimait sur un ton grave, lentement, en détachant tous ses mots.

« Merci à vous tous d'être là, d'avoir été ponctuels à cette première réunion. Mon nom est André Denner. Plusieurs d'entre vous me connaissent déjà. Outre la fonction par laquelle certains m'ont rencontré, je suis un des proches collaborateurs d'Alfred Torsvan, ici, au siège de notre Syndicat. Comment procède notre organisation, avec son réseau de cellules implantées partout ? Patience, nous aurons le temps d'y revenir, vous pourrez vous familiariser rapidement avec des mécanismes qui, je l'imagine, vous laisseraient froid aujourd'hui ou vous paraîtraient confus. Est-ce d'ailleurs ce que vous voulez entendre ? Je ne crois pas. Tous, vous êtes venus pour des raisons très diverses, en quête d'une aide d'urgence. Ce que je tiens à vous présenter, et que nous continuerons à développer au cours de nos réunions mensuelles, ce sont nos objectifs à long terme, et d'ici là, ce que nous sommes en mesure de vous apporter, ce que vous êtes en mesure de *vous* apporter les uns aux autres. Je commencerai par vous rappeler que moi-même, mais aussi Alfred Torsvan, comme celles et ceux qui encadrent notre organisation, sommes issus, faisons partie de la même couche de la population que vous.

« Oui, nous sommes issus nous aussi de cet immense réservoir d'énergies bloquées, d'espoirs enlisés que nous avons choisi d'appeler *les pauvres types*. Regardez-vous les uns les autres et brisez la glace ! Je vous invite à le faire tout de suite, avant de commencer mon exposé. Je demande à chacun de se tourner vers son voisin de gauche, puis vers celui de droite. Serrez-vous la main, échangez vos noms, vos prénoms ! »

Il s'était arrêté sur ces mots. Les barres d'écume grondaient. Pris d'une espèce de panique, Antoine Blin avait cherché des yeux la sortie la plus proche et s'était mis à transpirer abondamment. L'odeur... Si je m'affole, je vais empester. Rien n'interrompait le silence sinon quelques toussotements. Il avait concentré ses pensées sur son deux-pièces, les bons moments du dimanche et le centre de tri, son poste de travail et les conversations sur le championnat de rugby, à la pause. S'il partait séance tenante, lui barrerait-on le passage ? Son voisin s'était tourné vers lui en lui tendant une main flasque qu'il avait prise comme il avait pu, sans la serrer. C'était fait. Au plus profond de lui-même, il se méprisait. Ils avaient décliné leur identité simultanément, si bien qu'aucun n'avait retenu le nom de l'autre ni osé demander de répéter. Autour d'eux, c'était à peu près pareil ; on accompagnait ce rituel de sourires gênés. On ne savait à quelle branche se rattraper pour ébaucher une conversation qui n'avait pas lieu d'être, quand la voix de Denner était enfin revenue.

« Un jour, nous vous adresserons un signal. Un jour, lorsque nous serons prêts — mais il faudra pour cela que vous patientiez encore —, nous vous appellerons les uns et les autres à rejoindre votre poste pour déclencher l'opération qui nous permettra d'atteindre le *but*. Nous aurons estimé que le fruit est mûr et le moment venu. Quand ? À l'heure qu'il est, il m'est impossible d'être précis. Dans quelle mesure ce moment est lointain ou ne l'est pas, je l'ignore autant que vous. Tout dépendra beaucoup de votre état de préparation. Nous vous tiendrons au courant. Nous aurons le temps d'en discuter ensemble. Ce que nous vous demanderons ? Vous allez sourire : ne rien faire et ça, jusqu'au bout. Nous pourrions créer entre nous un verbe pour résumer cette opération : inagir. Partout où nous serons présents, nous déclencherons au même moment la première grande grève de la vie que le monde ait connue. Vous avez peut-être, enfant, aimé ces jours où la neige et le gel fermaient les écoles, où l'esclave que l'on formait en vous bénéficiait d'une permission de courte durée. Mais on a chauffé la planète et aboli la neige parce que trop subversive. Le mois dernier, pendant les violents orages, vous avez peut-être été soulagés que le monde tombe en panne et que faute d'électricité pendant quelques heures, vous connaissiez un bref répit. Eh bien, un jour, vous serez vous-mêmes et cette neige, et ces orages. Nous vous en parlons aujourd'hui car votre préparation doit commencer ici et maintenant. Nous vous disons : un jour, sur un signal envoyé simultanément à tous, vous déclencherez cette grève de la façon la plus élémentaire qui soit. Vous vous rendrez à votre travail, enfin partout où vous serez attendus, et vous ne ferez rien, sans aucune précaution oratoire. Vous croiserez les bras en regardant l'autre dans les yeux, sans commentaire. Êtes-vous chauffeur de bus ? Vous garerez votre véhicule sur le bas-côté et jetterez les clés dans le caniveau. Employé ? Vous n'exécuterez aucune consigne. Facteur ? Vous lirez les lettres qu'en temps normal, vous auriez distribuées. Vous prétexterez une sieste urgente. Vous n'alimenterez plus la machine de votre énergie bienveillante. Partout, puisque nous sommes partout, la machine connaîtra subitement des ratés, jusque dans ses rouages les plus sommaires. Votre silence et votre calme, votre détermination seront nos armes les plus redoutables. Notre plus grande force est l'inertie. C'est une force peu commune, si peu utilisée que nul ne saura la contrer. Elle inquiétera, surprendra. Imaginez bien ce genre de scènes car elles vous attendent : vous êtes serveur de café et venez de recevoir le signal. Vous restez très digne lorsqu'on vous appelle à une table, vous faites signe de la tête que non, c'est fini, vous ne prenez plus les commandes. Terminé. Sans explication. Ne craignez rien, vous n'êtes pas seul. Cinq mètres plus loin, dans le même café ou dans l'établissement voisin, une autre personne fait comme vous. Aux cuisines, le plongeur ne plonge plus. Le cuisinier ne cuisine plus. Il a éteint la lumière et s'est reclus dans le silence. Et ce mouvement ne se limite pas à ces professions, il s'étend bien au-delà car je vous l'ai dit, c'est la grève de la vie. Elle doit être le plus large possible. Êtes-vous poète, vous posez la plume et cessez de rimailler. Êtes-vous pianiste à vos heures, vous abaissez le couvercle de votre instrument. Êtes-vous époux ou compagnon, vous ne caressez plus ni épouse ni compagne. Si vous êtes à la chasse, vous posez votre arme. Votre voiture tombe en panne, abandonnez-la au bord de la route. Devenez absent.

« C'est à ce moment critique qu'il faudra absolument tenir bon. Durant les heures qui s'écouleront alors, interdiction de fléchir. Le reste du monde, qui ne comprendra rien à ce qui lui arrive, sera rapidement contraint à l'arrêt complet. Vous devez vous préparer à l'idée de tenir aussi longtemps qu'il le faudra. On vous prendra pour fous, au début. On vous harcèlera, vous menacera. Cependant, dès que l'on aura constaté l'ampleur du phénomène, tout changera vite. Vous serez tenaces et ne fuirez pas. Alors, quand nous sentirons que le moment est venu, nous nous exprimerons. Nous aurons attendu que les dominants soient à genoux. Comme ils ne supportent pas que leur machine s'enraye, notre revendication paraîtra certainement bénigne en regard de la catastrophe qu'ils redoutaient. Ils comprendront que la machine peut facilement repartir, à condition de vous écouter. Ils entendront enfin la voix des pauvres types, des floués, brimés, leur rappeler qu'ils veulent occuper leur place dans ce monde et ne plus être considérés de haut, enfin pas de si haut, avec le sourire condescendant de ceux qui aiment tant parler au nom du peuple. La piétaille, leur dirons-nous. La piétaille ne réclame pas un centime. Elle exige qu'on la considère et qu'on ne l'utilise plus, ne la manipule plus. Elle demande une réelle et juste représentation dans ce monde qui fonctionne grâce à elle. Devenez absent ! »

Plusieurs participants s'étaient levés pour applaudir. Tous s'étaient tournés vers Denner, centre de leur ferveur soudaine. Quant à Antoine Blin, il était heureux d'être heureux parmi eux. Bien que vague et lointaine, cette revanche tranquille le séduisait. Il la méritait. Elle l'enchantait. Comme il la méritait ! Elle le galvanisait.

« Qu'on cesse de nous flatter ou de nous prendre au grand jeu de l'abêtissement ! La bêtise qu'on exploite en nous pour en tirer l'or grâce auquel on nous domine, qu'on la laisse dormir ! Qu'on arrête de nous mépriser… Les péquenots, les pauvres gars, voilà les mots qu'ils ont inventés pour nous la masse, nos bien-pensants, nos amis du peuple, pour mieux nous enfoncer et nous aigrir. Qu'ils nous rendent le respect ! Qu'ils rendent leur honneur aux simples, voilà ce que nous demandons, rien de plus, mais rien de moins... Les beaufs : nous avons donc le monopole du mauvais goût, nous n'écoutons ni ne voyons ni ne lisons ni ne mangeons, ni ne buvons ce qui est de *bon goût*. Même notre imagination est bas de gamme ! Qu'ils nous restituent notre honneur... Ceux qui se lèvent à cinq heures du matin pour perdre leur vie à ne jamais la gagner, c'est nous ! Ceux qui nous méprisent ou nous gratifient de saluts apitoyés lorsque nous avons passé le chiffon sur leur bureau quelques minutes avant leur arrivée, ceux-là mangeront leur chapeau tôt ou tard car nous cesserons de vider leurs poubelles et ils pueront des mêmes odeurs que nous, les sans-parfum ! »

L'air de la salle était étouffant et je ne voulais pas trop exiger d'attention de ces hommes inondés de sueur, qui m'applaudissaient de nouveau. Après un moment d'acclamations et de brouhaha, je leur ai proposé de me poser toutes les questions qui leur venaient à l'esprit, mais toutes ces questions, comme je le prévoyais, ont été rares. Antoine Blin faisait silence. Je leur ai donné rendez-vous pour une prochaine réunion. Plusieurs me prenaient en aparté, me disaient des mots de remerciement. Je ne perdais pas Blin des yeux. Il traînait au fond de la salle en attendant son tour. Avions-nous vraiment fait mouche ? Il rayonnait. Je n'ai eu aucun mal à le faire parler. Oui, mes phrases l'avaient impressionné. Elles l'avaient touché puisqu'il s'est mis à parler de ses désirs de revanche « tranquille, sans haine, comme vous avez dit » et de deux ou trois personnages de sa vie, d'amis qui n'étaient pas des amis, puis d'une femme. En le raccompagnant, je l'ai écouté me parler au bord des larmes d'une Blandine, *la seconde Blandine*, insistait-il. J'ai pris le temps de l'écouter, je savais qu'il m'en serait reconnaissant. Au moment où j'allais le saluer, sur le seuil, il m'a posé une question « parce qu'au milieu des autres, tout à l'heure, je ne pouvais pas ». Une question à propos d'une odeur qui ne le quittait pas, il tenait à savoir si nous pouvions quelque chose, et quoi. Il remettait donc ça… Comme je ne devais pas laisser percevoir d'hésitation, j'ai répondu que nous étions surtout là, dans un premier temps, pour l'aider à comprendre et accepter et que oui, bientôt, il saurait faire avec, et que nous contribuerions à dissiper tous les malentendus.

VIII
Hypnose

Jamais une femme de cette pointure n'a encore sonné chez lui, pas même pour du démarchage à domicile. Aucune beauté ne s'étant présentée à sa porte depuis qu'il est en âge de se souvenir, ce ne peut donc être statistiquement qu'une erreur. Grande, gracile et blonde comme ça, cela ne se peut pas. On dirait une Scandinave des revues. Naturellement, elle n'est pas seule. Tenus à distance par son parfum, deux types encore jeunes et bien bâtis la suivent à un mètre, en chemise blanche et en cravate, mais il ne voit qu'elle, conforme en tout à ce que suggérait la voix au téléphone. « Monsieur Blin ? » Et elle n'a rien d'aguicheur, voilà le pire, elle dit ça, monsieur Blin, avec une sorte d'humilité, de timidité. *La Chaîne* — elle appuie sur ce mot — fonctionne dans l'urgence et nous avons préféré venir... Il a honte de les faire asseoir chez lui, ce matin tout est en désordre, mais la curiosité l'emporte. Il vient de passer une bonne nuit, la meilleure depuis le commencement des chaleurs. Oui, ils acceptent volontiers un café, mais allongé, s'il vous plaît. Antoine fronce les sourcils, considère un instant son canapé puis fait du café. La jeune femme lui parle du concept d'une toute nouvelle émission, pour laquelle il ne manque qu'un élément, les candidats. Un jeu ? Non, plus qu'un jeu, monsieur Blin. Beaucoup plus. Un phénomène de société en voie d'apparition. Vous connaissez comme tout un chacun l'élection de Miss Monde et de Miss Univers, déclinée dans chaque pays, dans chaque région de chaque pays voire dans chaque commune, n'est-ce pas ? Il opine prudemment. Depuis longtemps, nous nous disons que les gens ont besoin de se reconnaître dans des hommes comme eux-mêmes et non plus dans des stars ou des top-models. Les gens veulent du réel, n'est-ce pas, qu'on leur tende un miroir pour s'identifier à autrui. Leur vie devient de plus en plus dure, complexe. Ils perdent leurs repères. Un de leurs derniers repères consiste à vérifier que leurs congénères sont bel et bien comme eux. Mais notre émission ne sera pas un énième talk-show aussi déprimant que les autres. Les gens ont besoin de positiver. Nous devons les faire rêver d'eux-mêmes, penser qu'ils peuvent devenir des *winners* du jour au lendemain grâce à nous. L'élection que nous allons organiser sera celle de Monsieur tout-le-monde. Oui, parmi tous les gens, je vous parle des gens simples, pas de l'élite, précise-t-elle en effleurant la tasse des lèvres, nous cherchons en ce moment qui peut être représentatif et être élu, gagner grâce à ça des millions et puis la notoriété, la vie qu'il a rêvée, et renoncer au travail. Voilà le concept, conclut-elle dans un sourire, en s'apercevant que la tasse est ébréchée.

— Nous en sommes actuellement au processus de sélection de l'avant-dernier groupe de candidats. Vous serez vingt. Si vous acceptez de les rejoindre, vous gagnez tout de suite trente mille, c'est accordé à chaque sélectionné, même si vous n'êtes pas retenu pour la phase suivante. Nous vous demandons simplement de participer, monsieur Blin. Comme pour les autres, nous réaliserons au préalable un portrait de vous, un reportage, rien d'impressionnant le rassure-t-elle en grimaçant et reposant la tasse pleine, quelques minutes sur votre lieu de vie et à votre travail, si vous voulez bien, ou dans votre quartier, recule-t-elle, enfin sur vos occupations, vos origines, n'est-ce pas.

— C'est que…

Elle s'approche :

— Nous serons absolument discrets, monsieur Blin. À ce stade, tout restera entre nous. Personne ne sera interviewé dans votre entourage. Vous seul… Vous n'aurez à venir que deux fois sur le plateau de l'émission, pour la demi-finale, pendant laquelle le choix se réduira progressivement, au fil de la soirée, de vingt à cinq candidats ; une semaine plus tard, si vous êtes toujours dans la course, vous reviendrez en finale. Vous n'aurez rien d'autre à faire qu'être vous-même et répondre aux questions des téléspectateurs. Elles seront filtrées, rassurez-vous, et vous disposerez de jokers qui vous permettront d'en refuser certaines. Vous serez choyé par La Chaîne. Le plus important sera d'être vous-même, j'insiste. Vous ne plairez, vous ne pourrez convaincre que si vous n'enjolivez rien. Si vous restez vrai. Mais si vous fardez quoi que ce soit, cela se remarquera tout de suite…

Antoine Blin commence à se demander de quelle manière il va s'y prendre pour les dissuader de s'échiner et les raccompagner à sa porte ; et dans le même temps, une petite voix, toute petite, lui murmure que son existence a manqué singulièrement de ce genre de folie — la fée qui se présente à votre domicile pour vous proposer la promotion inattendue, le plan de carrière conçu pour vous seul, du cousu main ; et tout en cherchant les mots les moins incorrects pour éconduire le miracle en douceur, il aspire à entendre et voir sous quelle forme pourrait se poursuivre ce moment invraisemblable. Juste voir… Comme sa voix s'insinue… Cette voix lui dit La Chaîne et La Chaîne dit la gloire et l'argent. Trente mille, fissa…

— Et si je gagne, que gagnerai-je ? Qu'est-ce que vous faites du bonhomme qui est élu ?

La petite voix au fond de lui-même qui lui a dicté ces mots lui recommande d'insister, il ne fait là au fond que jouer. Rien n'est sérieux. Il les *promène, et comment*... La voix le lui répète, saisis la perche qu'on te tend, tu seras libre de la lâcher quand tu veux...

— Si vous gagnez, monsieur Blin ? Vous avez toutes vos chances, soyez-en sûr... Si vous gagnez, chante la sirène, votre vie ne sera plus la même.

Il s'entend demander alors :

— Je ne reviendrai jamais... là où j'en suis actuellement ?

— Vous voulez rire ? Il n'y a pas de marche arrière. À moins que vous n'y teniez. Mais je le lis dans vos yeux, ce n'est pas le cas. Je peux vous prédire que vous ne vivrez plus ici. Votre train de vie changera du jour au lendemain, du tout au tout.

Antoine Blin songe à Alfred Torsvan, sur qui la fortune s'est abattue sans crier gare et qui s'est consacré entièrement au bien-être des autres. Il revoit son portrait dans le bureau de Denner et un nuage assombrit soudain ses pensées.

— Le gagnant empoche trois cent mille et conserve son titre d'élu pendant toute une année, jusqu'à ce qu'un successeur le remplace. Si vous êtes l'élu, vous pourrez quitter votre emploi et ne plus travailler, vous consacrer à vous complètement. Vous accorderez des interviews, vous serez une icône de la société, et les interviews vous rapporteront gros, vous verrez. Vous pourrez apparaître dans des spots publicitaires qui décupleront vos revenus. Vous emménagerez dans une villa. Vous prendrez du monde le meilleur et jetterez ce qui ne vous plaît pas. Vous serez une star enviée, assiégée par les femmes ! Et je dois aussi vous parler d'*après*, si vous voulez bien. Nous avons conclu avec l'État un accord par lequel vous aurez le droit, après votre décès, de reposer pendant six mois dans la crypte du sanctuaire des grands hommes. Monsieur tout-le-monde portera enfin un nom et, qui sait ?, ce sera peut-être le vôtre. Antoine Blin accédera à l'immortalité qu'on réserve d'ordinaire aux écrivains illisibles, aux compositeurs inaudibles, aux politicards…

— Six mois ?

Antoine Blin tâche de remonter en pensée six mois plus tôt, pour se faire une idée. Il aimerait, mais se retient au dernier moment, demander à l'éblouissante, comment se fait-il que vous en êtes arrivée à moi ? À ce qu'il y a de plus insignifiant ? Peu importe la piste suivie par leur détective pour remonter jusqu'à lui, il classe sa question. Avec ses formes et son sourire parfaits, Adeline l'hypnotise. Le voudrait-il, impossible de s'en détacher. Elle ne doit pas avoir trente ans et il mesure le gouffre d'années qui la lui rend inaccessible et d'autant plus troublante, sur son écueil lointain, s'il ne met pas le cap sur elle.

*

Loin, dans sa tête, il entend comme un oui, écho de celui qu'il a failli prononcer tout à l'heure devant eux. Comme il vient de loin ! Et comme il est faible... Et si je finissais par me prendre au jeu de cette femme, si je lui prouvais, allons, voilà que tu veux prouver, s'irrite-t-il en se frottant avec le gant de crin. Ils doivent reprendre contact avec lui le lendemain à la mi-journée, la nuit porte conseil alors à demain, monsieur Blin.

En sortant de la douche, il glisse, se rattrape à une étagère qui cède et entraîne un flacon dans sa chute. Il peste. Autour des bris de verre se répand une eau de toilette qu'il n'a pas encore pris le temps de tester : il ne l'a dénichée que la veille près de La Chaîne, dans une supérette. Ce jeu-là commence à représenter un sacré budget, et s'il casse, maintenant... Il jure, en recueille un peu sur les doigts, qu'il passe sur sa gorge et ses épaules, son torse aussi. Puis éponge et balaie la flaque à vingt-neuf quatre-vingt-dix-neuf, joli prix pour un tel résultat... À ce moment précis, il se surprend accroupi, dans la glace murale, balayette en main, nu comme un ver qui n'a rien de bien reluisant. Ça ne va pas fort, Antoine. Où que tu te tournes, le monde te tourne la tête, lâche tout ça, lâche, vite…

Il s'est affalé sur le canapé et a allumé le téléviseur en coupant le son, comme souvent, histoire de faire un petit tour des chaînes. Pour le flacon, pas de bol, s'est-il dit au bout d'un moment, avant de s'étonner. Voilà un bon moment qu'il est sorti de la douche et d'ordinaire, à ce stade, l'odeur est pleinement revenue. Or, cette fois-ci, pas tout à fait. Pareille à un acouphène qui cesse et dont on ne remarque la disparition que des minutes ou des heures plus tard, elle s'est mise entre parenthèses, c'est curieux. On ne peut pas dire qu'elle soit revenue, ou pas avec la même force… Il consulte sa montre, effectue la soustraction, opine, se convainc qu'il n'a pas tout à fait tort et se dirige vers la poubelle où il a jeté les débris, pour retrouver l'étiquette et noter la marque, qui sait…

IX

Ce qu'on oublie sous les cendres

Un petit moteur n'arrête plus de tourner. Antoine Blin aimerait en finir avec ces vibrations et trouver le repos, mais comment faire avec un cœur qui tape, tape plus que de mesure... Dans le labyrinthe infini des neurones, voici que des tensions nouvelles apparaissent, que des décharges électrochimiques propagent par millions des signaux minuscules. Dans son esprit, où quelques jours plus tôt un soleil bas et ras a resurgi de ses souvenirs dans le bureau de Denner et condensé tous ses espoirs, des forces s'affrontent. Pourquoi veut-il opposer à tout prix ce syndicat inespéré, cet asile pour paumés, à La Chaîne ? Les visages des pauvres types, à la réunion, lui reviennent sans arrêt. L'instant où il a serré la main de son voisin. N'a-t-il pas assez d'énergie et de lucidité en lui maintenant pour fuir ces types-là et saisir la perche qu'on lui tend ailleurs ? Allons, endors-toi, il se fait tard...

Antoine ne s'endort pas. Il rallume et tente de reprendre la lecture du grand livre mais le rejette dans un mouvement d'humeur, après avoir lu *qu'Immergés dans de l'eau chauffée à l'extrême et très riche en matériaux, les thermophiles se nourrissaient de pierre ; ils avalaient goulûment du fer, du soufre et de l'hydrogène dans les rochers, en sus du gaz carbonique dissous dans l'eau*, et avoir regretté que la vie n'en soit pas restée à ce stade-là... Et puis non, tout ça ne veut rien dire. Il a envie de le hurler par la fenêtre, dans la fournaise ; hurler aussi que non, il n'a rien à voir avec ces ancêtres thermophiles, ne comprend rien de rien à ce charabia.

Au cœur de la nuit, à l'heure où l'on ne croise dans les rues que les cambrioleurs quittant les appartements que l'on regagne, la moiteur est telle qu'elle le pousse dehors. L'asphalte colle encore aux chaussures. Des automobiles foncent. Elles ralentissent pour la forme aux feux rouges, traversent des places vides. Un taxi le conduit chez eux. C'est la première fois de sa vie qu'il en prend un. Tu es con, se tutoie-t-il. Pourquoi n'as-tu jamais pris un taxi avant ? Franck et Ludivine habitent un immeuble blanc récent dans un quartier qu'ils qualifient de chic. Pendant qu'il compose le code, il remarque le café d'en face, le *Bar du temps qui passe*, puis son regard escalade la façade de l'immeuble. C'est là-haut qu'il veut être, en ce moment.

Comme ils reviennent après-demain, il doit prendre le courrier, soigner un peu les plantes, relever le niveau de l'aquarium, mais il y a autre chose. Là-haut, il échappera à tous, Chaîne, Syndicat, quelques heures. Je ne reconnais pas être un pauvre type, aimerait-il hurler du haut de leur terrasse sous le fourmillement des étoiles. Par cette nuit de la fin de l'été, il a l'esprit plus vif qu'en plein jour. Ce n'est pas qu'il trouvera la paix ici, mais cela y ressemble. Au-dessus de la ville qui sue dans ses draps, c'est une manière de terrier. Qu'elle dorme, il a à faire…

Car c'est le moment ou jamais. Il quitte la terrasse, entreprend une revue de détail de l'appartement. Les photos très suggestives de Ludivine en noir et blanc, les portraits du couple hâlé (Maldives, Thaïlande), les tableaux achetés juste à temps, avant que l'artiste soit reconnu par tous. Mais c'est Franck qui l'intrigue. Pourquoi il en est arrivé là, bon Dieu, avec cette femme qu'il lui jalouse, tout de même. Et pourquoi lui, Antoine, en est encore là, un tout autre là, avec cet indécrottable *encore*.

Aussi concentre-t-il ses recherches sur le bureau de Franck. Impossible de ne pas se sentir comme un cambrioleur, entré par effraction dans les secrets de l'ami. Pour ne pas intriguer le voisinage par un éclairage suspect, il s'est muni d'une lampe de poche. Cette fois-ci, il a tout son temps. Il pourrait essayer toute la garde-robe de Franck, noter les meilleures marques, s'observer dans la glace déguisé en Franck et choisir entre ses chapeaux ; il a toute la nuit, mais non, ce n'est pas ça. Il préfère manipuler un long moment les boutons du poste à ondes courtes à quai sur le bureau de bois rouge, avec son cadran, sa lumière ivoirine et des noms de station qui remontent le temps. Se met-il souvent à leur écoute Franck, et pourquoi ? Que lui manque-t-il qu'il n'ait dans sa vie, avec cette femme et cette carrière ? Ou bien le poste à ondes courtes n'est-il qu'un objet décoratif de plus, de bon goût… Et s'il attendait là un signal mystérieux, le soir, en balayant les ondes entre Lahti et Hilversum, depuis des années ? S'il écoutait la voix d'une ancienne conquête, devenue speakerine ?

Oui, Antoine refait le même chemin qu'à sa première visite. Pour la deuxième fois, il viole un sanctuaire mais se le répète, c'est nécessaire. Cette fois, il s'attarde dans la paperasse, les relevés de compte, les fiches de salaire et les ordonnances, toutes les insignifiances jusqu'à, plus troublant, une série d'albums photos, des photos de famille, de Franck enfant, puis ado, étudiant. Et quand il en tourne les pages, il tombe en arrêt devant une photo de lui-même. Antoine se voit posant, souriant, à côté de l'ami de jeunesse, près de leurs vélos de course. À l'époque, nous étions à égalité, aimerait-il expliquer à l'adulte Franck. Tout du moins le croyais-je, nuancerait-il. Soudain, il se souvient même qu'il battait Franck, dans certaines côtes. De longues minutes, il reste devant ce petit rectangle noir et blanc, s'efforçant de retrouver les couleurs exactes de ce jour-là, de le rhabiller, ce jour, de tout ce qui l'avait constitué du matin au soir. Soigneusement, il replace ensuite tout ce qu'il a pris en main, minutieusement, sans hâte.

Plusieurs fois, il lui semblera descendre loin sous la surface d'une existence. Vers quatre heures trente, il lira une lettre dissimulée au fond d'un tiroir, dans une enveloppe sans destinataire. Comment avait-elle pu lui échapper, à sa première visite ? Une femme regrette leur rupture si hâtive, avant que notre histoire ait pu s'épanouir, écrit-elle. Elle est datée de ce mois de juillet où lui, Antoine, envoyait lettre sur lettre à une Blandine qu'il n'a jamais vue. Il relit ce long et beau chagrin, en cherche d'autres du même acabit, en vain. Franck avait-il répondu ? Elle a signé *Nadège*.

Plus tard, il revient au salon, aux photos de Franck et Ludivine enlacés. Il aimerait les avoir face à lui cette nuit, ici. Décréter qu'une fois dans sa vie, chacun va faire preuve de sincérité jusqu'au bout. Demander à l'un ce qu'il est pour lui et vice-versa. Poser à l'ami de lycée les questions qu'il a réprimées jusqu'à maintenant.

Se bâfrer, se combler de vérité jusqu'au dégoût. Il comprendrait tout. Savoir enfin comment on vit et pense lorsqu'on est Franck. Dans cette nuit critique où il sent qu'un processus de décision est à l'œuvre en lui, cela l'aiderait considérablement. Oh, il se fait bien sa propre idée du Franck secret, avec ses mécanismes et ses puits d'ombre, mais cette idée doit être en grande partie erronée, il ne se connaît guère psychologue, et puis, quoi, les secrets n'ont pas de fond.

Le tour complet des pièces achevé, il revient sur la terrasse. Le ciel blanchit. C'est à ce moment précis que lui vient l'*envie*. Toute sa vie, elle a brûlé sous d'épaisses cendres, si enfouie, cette envie, qu'il avait oublié jusqu'à son existence. Il a envie du bien-être dont il vole des miettes sur cette terrasse. Envie de cette terrasse, de la sensation d'éternité au lever du soleil. Envie de la garde-robe de Franck et de ses eaux de toilette, envie de se glisser dans un de ses costumes avec, en poche, une lettre parfumée de Nadège. Envie d'argent et de femmes comme à la télévision, lui qu'on invite à passer de l'autre côté de l'écran. Il lui vient le dégoût du moisi dans son escalier, des cafards inconnus, du vieux en short, des seins pantelants de la brunette. Envie d'un lieu comme celui-ci et de la vie qui va avec et peut-être, en urinant dans l'aquarium (il a omis de le refaire en arrivant), n'avait-il rien fait d'autre que marquer son territoire. Oh, passer sans retour de l'autre côté…

Bientôt, la boule orangée apparaîtra. Elle portera la ville à incandescence et il retrouvera son deux-pièces. Il sait quel mal, maintenant, il aura à résister. Il a *envie.* C'est une petite fièvre qui ne retombe pas. Soudain, le labyrinthe est fléché, comme intelligible, et tant pis si la direction indiquée n'est autre que l'abîme. Il coule sous sa peau les ruisselets d'un sang printanier, avec une ardeur renouvelée, après un long gel dont il faut gommer le souvenir.

X

Servants de la machine

J'allais raccrocher à l'instant où il a décroché. Compris aussitôt que je le réveillais, malgré les dix heures quarante-trois à ma montre, compris qu'il se sentait en faute et cherchait hâtivement à retrouver une contenance. J'ai dit comme on dit à un homme affairé, je vous dérange peut-être, et comme cet homme affairé il a répondu par la négative, sur un ton qui traduisait le contraire et je n'ai pas vraiment reconnu l'Antoine habituel, aussi ai-je insisté : Vous préférez que je rappelle plus tard ?

— Non, non. Je serai peut-être sorti ; dites-moi…

— Antoine, notre réunion… Alors ?

Je l'avais quitté enjoué et m'attendais imprudemment à le retrouver dans le même état d'esprit. Devant sa lenteur à répondre, j'ai marqué un silence étonné mais peu à peu ses mots m'ont rassuré. Il est redevenu celui que j'attendais, avec des mots justes qui aidaient à dissiper mes doutes. Mis en confiance, je lui ai parlé à cœur ouvert. Je voulais l'impliquer dans sa nouvelle famille, esquisser l'idée qu'un jour, il assumerait peut-être à son tour le rôle que je jouais pour lui depuis quelques semaines. « Chacun doit se comporter comme l'ange gardien de l'autre. » L'idée ne lui déplaisait pas. Il a osé des expressions qu'il n'avait pas dû utiliser souvent dans sa vie, *passer de l'autre côté de la barrière*, ou *du miroir*, il ne savait plus bien s'il avait affaire à une barrière ou à un miroir et nous avons ri. Son rire avait beau tinter étrangement, je sentais son adhésion de nouveau pleine et entière et lui ai parlé de la deuxième réunion, dont nous n'avions pas encore fixé la date. Il a marqué un temps d'arrêt comme pour masquer une déception, et cela m'a fait plaisir. Il voulait savoir quand les choses allaient se préciser. Pris de court, j'ai répondu dans le vague et trop heureux qu'il me tende une perche, je l'ai saisie. J'ai eu des bouffées de lyrisme en évoquant le *but* et le jour où tout allait s'arrêter enfin. Mais lui, il voulait savoir aussi

— Si nous avions des ramifications partout, au-delà des frontières,

— Si le monde entier s'arrêterait, ou seulement notre pays.

Non, ai-je regretté, ça, non. Nous n'agissons pas encore au-delà des frontières, mais, j'insistais, nous créerions un précédent. Nous ferions école très rapidement.

— J'ai besoin d'être rassuré rapidement... Votre but me paraît encore très lointain, autant que les rêves, non ? Hier, j'avais presque cessé d'y croire, et maintenant que vous êtes là... J'aurais besoin que vous me disiez que tout n'est pas aussi éloigné que je le crains. N'est-ce pas ? Ne m'abandonnez pas.

Dans ces cas-là, nous sommes tentés de biaiser, mais le poisson ne se laisse pas noyer facilement. J'ai eu quelques phrases dilatoires, floues et censément réconfortantes, pour finir en promettant de le rappeler, de le mobiliser dès que possible. Ce ne serait pas long.

De fait, ce ne fut vraiment pas long. Une heure plus tard, j'ai laissé le téléphone sonner longtemps chez lui. Pour l'aider à tenir, j'avais enfin trouvé de nouveaux arguments, de petits couplets qui n'avaient pas encore servi. Inquiet moi-même, je voulais me rassurer. Autant dire que maintenant, il me faisait peur. Personne ne répondait. Il devait être sorti. Je me suis demandé où donc

XI

Vox populi,

ses pas le menaient au siège d'une chaîne de télévision avec une ardeur qu'il ne se connaissait guère. Qu'il soit déjà enchaîné à son sort, il l'ignorait tout autant que moi. À nous, les anges, on ne dit pas tout. Plus tard, il m'expliquerait qu'il avait très peu dormi au cours de cette nuit-là. Il s'était débattu, dirait-il, avait beaucoup lutté mais se savait vaincu d'avance. Alors même qu'il croyait gagner, il perdait. Dieu, comme son pas était rapide, malgré la chaleur… Est-ce parce que le bitume était à incandescence ? Il devait y avoir une autre raison, bien plus forte, qu'il tenterait de me décrire et que je résumerais comme suit : Antoine Blin avait perdu la clé de lui-même. Il avait bu, sur la fin de la nuit, pour apercevoir les silhouettes de nouvelles idées, de solutions qu'il n'avait pas encore envisagées. C'est alors que dans la matinée, on l'avait convoqué au siège de La Chaîne. Rien n'était clair en lui et, pour ne pas s'interdire un possible, il avait obtempéré.

Ses pas le menaient vers une tour de cristal qui dominait de beaucoup ses alter ego, si bien que leurs silhouettes se réverbéraient dans ses baies immenses. C'étaient cent douze mètres surgis de terre et inaugurés quelques années plus tôt quand les étages s'accumulaient au fil des parts de marché ravies aux concurrents, lesquels posaient les armes les uns après les autres. Antoine Blin a vu surgir de loin l'éblouissant minaret et s'est arrêté. L'édifice surprenait, avec sa base finement incurvée donnant l'illusion qu'une flèche de verre allait être décochée.

Pour arriver jusque-là, il avait transpiré plus que de coutume et ne se sentait vraiment pas bien. Avec la sueur et les relents d'alcool, il en oubliait presque l'odeur. À tout prendre, il aurait préféré qu'elle prédomine. Il la remarquait encore de temps à autre mais tellement atténuée… S'il pouvait se rafraîchir le visage et boire un grand verre d'eau, il se sentirait déjà mieux. Antoine a fait halte dans un café et tenté de s'éclaircir les idées. Lorsqu'il repartirait, il achèterait des chewing-gums, n'importe quoi à mâcher. Une pharmacie lui fournirait des aspirines à croquer, puis il enfilerait la veste qu'il portait pliée au bras et s'annoncerait à l'accueil : « Blin. On m'attend au vingt-sixième étage. » Il me confierait avoir eu l'impression qu'on le filait depuis qu'il avait quitté son deux-pièces mais que ses poursuivants ne tenaient pas à intervenir. Si on voulait le délivrer de son sort, c'était maintenant ou jamais. Pourquoi ne faisaient-ils rien ? Pourquoi ne l'abordaient-ils pas sans attendre, pour le dissuader ?

⋆

« ... parce que nous estimons que l'élection de représentants à la tête d'un pays ne sert plus à rien, c'est dépassé, ringard, et cela aura encore moins de sens dans les années à venir. Voilà pourquoi nous voulons explorer de nouveaux champs d'expression pour la *vox populi*... »

Il était maintenant rassuré, le chewing-gum avait fait refluer la vinasse et il ne puait plus. La pâte mentholée avait tout absorbé. Il en venait même à accuser son nez de ne plus remarquer son odeur. Si longtemps qu'il attendait ce moment... Maintenant, le jeune loup avait cessé de parler. La jeune femme lui avait succédé. « La liste définitive des vingt candidats, dont je vous parlais hier, est bouclée. Vous n'avez plus qu'à lire votre contrat et à signer. Le voici ; retournez-le-nous demain, ça suffira... »

Du vingt-sixième étage, la ville ne faisait plus peur. Le vaste bureau dans lequel on l'avait prié de s'asseoir était climatisé. Les baies vitrées étaient légèrement teintées, si bien que la violence du soleil s'en trouvait tempérée. Après des semaines de brume de chaleur, les contrastes retrouvaient une netteté inhabituelle. Antoine Blin redoutait que Denner ne le mobilise dès ce jour même ou très bientôt. Sa révolution des pauvres gars ne manquait pas de cran, mais ne pouvait-elle pas attendre ? À deux mètres de lui, la jeune femme resplendissait comme une apparition mariale. Ces types encravatés et en chemise blanche, laqués et tout sourire, qui lui avaient servi un café léger, il n'y croyait pas vraiment. Il avait besoin d'un peu de temps auprès d'eux. Le logo de La Chaîne, un L enchâssé dans un C, était incrusté sur les portes et sur les chaises, en plastique orange et bleu. Théâtre que tout ça, décor ! On déposa pourtant sous ses yeux un exemplaire du contrat en le priant de faire une première lecture. Eux-mêmes avaient déjà signé. Des retouches, des discussions étaient envisageables, oui, bien sûr. Il avait jusqu'à *demain*. Voyez, ici figurent les clauses que nous avons évoquées hier, à savoir que *le signataire touchera la somme de…, un tiers à signature, un tiers après la première émission puis le dernier tiers à la seconde émission ou, s'il a été éliminé entre-temps, dans un délai de deux semaines après la première (…). Le signataire, en cas de victoire, touchera immédiatement cette somme multipliée par dix et s'engage à renoncer, pour une durée d'une année, à toute activité professionnelle, année pendant laquelle il acceptera de répondre à toute demande d'interview ou autre sollicitation que lui soumettrait La Chaîne, dans la limite des conditions et domaines suivants : (...). Il importera que le signataire défende, au bénéfice de La Chaîne et à son propre bénéfice, le statut de Monsieur tout-le-monde, et promeuve du mieux qu'il pourra ce label...*

— Naturellement, si vous avez la moindre question, n'hésitez pas...

... *La Chaîne garantit de son côté au signataire, en cas de victoire, la jouissance d'un appartement de luxe qu'elle lui paiera, dans les limites de (...), et dont il pourra faire sa résidence principale à l'écart de tout trouble découlant de sa notoriété. Il sera tenu d'y habiter pendant une durée minimale de :* 12 (douze) *mois.*

Un an après son éventuelle élection, le signataire sera libéré par La Chaîne de tout engagement et sera libre de reprendre la vie qu'il entend. Il continuera de toucher de La Chaîne une somme forfaitaire annuelle...

XII

Les cales de l'immortalité

Après son décès, le détenteur du titre de Monsieur tout-le-monde aura l'honneur d'être inhumé pour une durée de 6 (six) *mois, en accord avec l'État, au monument aux Grands Hommes, où il reposera dans la crypte, aux côtés des gloires de la Nation. Cela pourra intervenir aussitôt après le décès ou plus tard, dans la limite de cinq ans. La date reste à déterminer par l'intéressé, par voie testamentaire.*

Antoine Blin s'est perdu en conjectures sur cette proposition, *la date restera à déterminer par l'intéressé,* et s'arrête là. Peut-être a-t-il relu dix fois ce contrat serré sur trois pages. Ce qu'il a pris au déjeuner, à La Chaîne, lui est resté sur l'estomac. Voilà des heures que cette sensation ne le quitte pas et rien ne se passe dans son organisme.

La nuit d'été a fini par tomber. Réussira-t-il à dormir ? Il doit dormir, il reprend le travail le lendemain soir. Franck et Ludivine rentrent aussi le lendemain. Il ne fait pas moins chaud et la sensation de malaise persiste. Comme il se sent mal… Autour de lui, personne, aucune lumière. Où sont-ils passés ? À quelle réunion secrète ont-ils bien pu être tous conviés ce soir, au large de cette ville ? Reviendront-ils tous, un jour, de leurs baies d'Along ? Franck et Ludivine seront ragaillardis, rassérénés, revigorés, pleins de tous ces mots qu'eux seuls utilisent pour se décrire. Ils auront rechargé *leurs* accus et *leurs* batteries. Que fait Denner, en ce moment ? Il n'aura donc pas compris, ce matin au téléphone, qu'il y avait urgence ? Au point où il en est, seul un enlèvement empêcherait encore Antoine de basculer de l'autre côté. Il rêverait qu'on l'évacue au loin, si loin qu'il en oublierait cette chaîne… Sa volonté, la petite braise de volonté qu'il a entretenue jusque-là, ne rougeoie plus. Au point où il en est, il suffirait de si peu pour qu'elle s'éteigne. Voilà que déjà il redoute le moment où il informera Denner des propositions de La Chaîne et de son acceptation… Il hésite, cherche un stylo convenable pour signer mais tous bavent. La lumière l'arrête. Ne l'a-t-il pas revue, lente et rase sur le mur, dans le bureau du *Syndicat* ? Et s'il la perdait de nouveau, pour toujours cette fois ? Il sait aussi qu'il regretterait toute sa vie d'avoir refusé les avances de La Chaîne, et la somme d'argent, cette occasion en or massif de plaquer son travail et de ne plus être un larbin. D'être vu, peut-être aimé pour ce qu'il est, puisqu'on l'a sélectionné, puisqu'il passera à la télévision.

Relevant les yeux, il croise au-dessus du frigo ceux de Blandine qui le narguent. Oui, finies maintenant les humiliations… Rira bien qui rira le dernier, sirène, Lorelei… Effacer tout ça, pense-t-il avant que tout se noue d'un coup, se serre dans son estomac et le torde sans prévenir. Il n'a que le temps de courir dans la salle de bains et de se pencher sous la douche, les spasmes augmentent et dès lors il n'est plus qu'un geyser. Chaque fois, il croit étouffer mais se reprend, puis ça revient, mais la nausée reflue dès qu'un nœud a été expulsé. Heure par heure, hoquet après hoquet, il rend cette journée qui a mal tourné et lui paraît sans fin. Il faudra donc expulser jusqu'au moindre boyau pour faire le vide en lui… Le voilà agenouillé, plus exactement à quatre pattes. Peu à peu, les spasmes s'espacent et font place au soulagement, au point qu'il peut remettre de l'ordre dans sa tête. La pompe n'éjecte plus rien. Maintenant que ses cinq sens réactivés le ramènent au monde, Antoine Blin n'a qu'une pensée, saugrenue et qui le fait sourire : son dernier repas prend une douche, en miettes. Mais le sourire le quitte aussi vite qu'il est apparu quand il sent cette pâtée informe. Dans ces morceaux que les cordes de la douche dispersent et chassent vers la bouche d'évacuation, il vient de retrouver son odeur perdue, sa bonne vieille odeur, et ferme d'un coup sec le robinet pour mieux sentir, penché là-dessus comme un chien de chasse sur des traces : aucun doute, c'est elle… L'odeur qui lui a collé à la peau jusqu'à ses derniers jours vient de jaillir de ses entrailles. À quatre pattes, le voici en état d'émerveillement, comme s'il apercevait dans une foule un ami oublié, qui s'engouffre dans un taxi et disparaît… Antoine rouvre le robinet de la douche, observe le conduit d'évacuation qui happe tout, jusqu'à la dernière miette.

⋆

Par la suite, Antoine Blin me raconterait que le lendemain, allant à pied au siège de La Chaîne avec son contrat signé, il s'était présenté à l'heure de l'ouverture à l'entrée du monument. Là, il avait fait la queue derrière un groupe de touristes, acheté un billet puis descendu les marches, soulagé par la fraîcheur des lieux, préciserait-il. Il aurait pu fanfaronner, expliquer à l'employée vous savez, un jour, j'entrerai ici sans avoir à payer, mais s'était senti détaché de tout et ne lui avait rien dit, dirait-il. Imaginant que, s'il était élu, il reposerait dans cette cave où vieillissent les grands crus de la pensée humaine, il avait déambulé entre les piliers, entre les ombres, à la recherche des places inoccupées, se recueillant devant son futur gisant. Aurait-il droit lui aussi à un tombeau de pierre avec, gravés dessus, ses nom et prénom, sa qualité, les dates bornant sa vie ? Pourrait-il choisir d'être là pendant la saison estivale, quand les visiteurs affluent du monde entier ? Tout cela, il comptait le demander à La Chaîne. Lequel de ces grands hommes était entré ici en dernier, il l'ignorait et ne s'en souciait guère. Je lui demanderais ce qu'avaient évoqué pour lui les noms qu'il avait lus sur les dalles, pas grand-chose, ferait-il d'un air pensif. Il avait flâné là comme si sa vie ne lui appartenait plus. « Elle ne m'a jamais vraiment appartenu, ce n'est pas ce que je voulais dire. » Il s'était senti étonnamment tranquille, persuadé que le bateau des morts ne ferait pas avant longtemps l'escale de six mois qu'on programmait pour lui dans ces lieux. Ému, il contemplait son gisant comme celui d'un personnage historique qui ne lui rappelait aucun fait ni aucune date mais dont il était fier tout de même. Aujourd'hui, j'ai le remords de ne pas avoir été plus présent, pressant dans les jours où il s'est senti entraîné par des courants dérivants, si imperceptibles qu'il ne s'en était pas alarmé.

XIII

Une soirée électorale

D'un jour à l'autre, des vents nouveaux avaient fait tomber la chaleur extrême. Ces vents-là charriaient des orages gorgés d'une eau tiède qui comblait les hommes. Franck et Ludivine étaient revenus et leur ami avait rendu les clés. Ils s'étaient extasiés longuement sur l'Asie du Sud-Est, avaient parlé d'*atterrissage en douceur*, pour *réussir le retour*, il faudra *bien quinze jours*, puis Blin les avait quittés sans un mot sur son été.

Parmi les vents et pluies qui lavaient la ville à grande eau s'en trouvaient qui apportèrent du remue-ménage dans la vie des hommes. Si, en leur absence, l'appartement de Franck et Ludivine avait été bien entretenu, il n'en avait pas été de même pour leur plan de carrière. Telle est la magie de l'été, saison pendant laquelle les couteaux se plantent dans le dos des absents. Le matin où il regagna son bureau, Franck se vit proposer une mutation dans une filiale lointaine, dans le Sud. Après une analyse rapide de la situation (la sagesse emmagasinée en Asie marchait alors à plein), il lui apparut qu'en deux ou trois ans, il pourrait, de cette base arrière, revenir en force vers la capitale, en vainqueur, et la vengeance se mangerait alors très froide. Le retour de l'île d'Elbe, les régiments retournés l'un après l'autre en chemin puis les Cent Jours : Franck, qui en était à ses adieux de Fontainebleau, croyait dur comme fer à son étoile.

Le même jour, Ludivine tombait sous la faux d'un nouveau directeur des ressources humaines, qui lui signifiait son congé pour des raisons *purement économiques*. Les nuits câlines d'Indochine cédèrent la place à des insomnies d'Europe dont il ressortit que dans moins de deux mois, ils auraient quitté *cette putain de ville*, direction la filiale. Désormais, pour Antoine Blin, ils ne seraient plus les Vietnamiens, ou Frivol et Badin, ils seraient les asi-mutés, et il n'était pas peu fier de son calembour.

*

C'est alors que j'ai fait la bêtise de le croire, quand je lui ai annoncé au téléphone notre nouvelle réunion. « Nous vous exposerons les moyens que nous avons de vous aider sans attendre que le *but* se dessine. Comprenez bien, des prêts financiers, des cours, une assistance psychologique, les conseils dont tout un chacun a besoin pour affronter la vie... Tenez, lorsque vous avez en face de vous une personne qui vous accable ou vous terrorise, chef, collègue ou autre, que faites-vous ? Cherchez, derrière les traits de son visage, le crâne en devenir... Pensez-y, Antoine, essayez... Et lorsque vous aurez trouvé le crâne, fixez-le bien, ne le perdez plus. Vous verrez : l'arrogant perd aussitôt sa superbe. Vous voyez, pendant la réunion, nous serons beaucoup plus concrets que la première fois. Préparez bien toutes les questions que... » Là, Blin m'a arrêté. « Je vais vous faire faux bond, cette fois, j'en suis désolé, monsieur Denner. L'asthme, à cause des chaleurs passées. Un médecin m'a conseillé le repos complet pendant une semaine. On m'a interdit toute sortie. Alors, pour cette fois-ci... » J'ai encaissé, promis de prendre de ses nouvelles et raccroché, troublé par un je-ne-sais-quoi dans sa voix qui tenait peut-être à l'asthme, peut-être aussi à une autre souffrance dont il ne voulait pas me parler et j'ai décidé de laisser passer les jours.

Au bout de quatre, j'ai voulu en avoir le cœur net en allant chez lui. N'obtenant pas de réponse, j'ai supposé qu'il dormait, frappé de nouveau en m'annonçant cette fois. Je l'entendais encore dire au téléphone je ne respire plus, et j'ai pensé à une hospitalisation, me suis résolu à redescendre. Pratiquement arrivé au bas de l'escalier, j'ai cru reconnaître sa voix parmi d'autres : un petit groupe montait. J'ai laissé passer deux jeunes femmes en tailleur, derrière lesquelles venait notre homme. Sur le coup, il n'a pas remarqué qui j'étais. Comme l'individu qui le suivait, chargé de lampes et d'une caméra, me saluait, j'ai répondu machinalement, à voix haute, et Antoine Blin a tourné la tête vers moi. Je m'étais attendu à un minimum de surprise de sa part, or j'ai remarqué ses yeux étincelants au-dessus d'un sourire qui rappelait l'extase. Il était quelques marches plus haut et m'a salué d'un ton léger, de sorte que les autres ont pu croire que j'étais un voisin ou bien le concierge, à ceci près que, tout en continuant d'avancer, il a promis de me téléphoner dans la soirée sans faute, vers vingt et une heures « si ce n'est pas trop tard ? » Dans ses mots pointait un soupçon de gêne. Trop tard... J'aurais pu planquer devant chez lui, en sentinelle, pour tenter d'en savoir plus sur ceux qui l'encadraient, mais je tenais à être chez moi quand il appellerait. De toute la soirée, pas plus que le lendemain, aucune sonnerie ne m'a tiré d'affaire.

★

Je dois alors à Alfred Torsvan de m'avoir montré la sortie du labyrinthe, le surlendemain.

Jamais il ne m'avait téléphoné à un moment pareil, un samedi soir.

— Denner, votre télévision, allumez-la tout de suite sur La Chaîne. Je raccroche. À plus tard.

Une voix *off*, féminine, commentait le parcours d'une caméra à l'intérieur d'un appartement.

— C'est ici que vit notre candidat depuis douze ans, au cinquième étage de ce vieil immeuble. La seule personne à laquelle il parlait, une vieille dame de quatre-vingt-quatorze ans, a succombé à la canicule il y a moins de deux mois. Il n'était pas là quand on l'a hospitalisée. Il ne l'a appris qu'après, lorsque sa fille est venue vider le studio. Antoine, lui, vit dans un deux-pièces.

La caméra et sa voix tutélaire avaient décidé de ne rien épargner : douche, lunette des W-C, cuisine graisseuse avec sa lucarne rarement ouverte. On pénétrait dans une chambre avec du linge sur les chaises, des magazines sur le lit (ce dossier, « Soyez heureux avec votre cholestérol », que je voulais lire dans *À votre santé* du mois dernier), une invitation de son comité d'entreprise à un cassoulet dansant.

J'ai cru rêver en reconnaissant la voix du candidat, hésitante et empruntée, qui répondait avec sa docilité coutumière. Son enfance, ses hobbies ? Oui, je rêvais. Vous abordez l'homme de la rue pour en faire un levier de transformation du monde, vous lui montrez le chemin et il vous en est reconnaissant, vous vous prenez déjà pour son sauveur, quand, un beau jour, vous le découvrez à l'écran à l'heure où les stars rient, badinent, jardinent leur petite gloire.

Car c'était bien sa voix et son visage, à l'écran. Je me remémorais la visite dans l'appartement où, méfiant, il m'avait introduit un soir. La pause publicitaire m'a tiré de mon hébétude et j'ai recherché une explication dans les programmes du magazine télé. Ils avaient intitulé ça *Soirée élection de Monsieur tout-le-monde, première partie*. Vite, tout a recommencé avec un autre type, dans un autre décor. On annonçait qu'ils étaient *vingt*. Avez-vous de réelles qualités ? Aux téléspectateurs qui vont voter, ce soir, qu'avez-vous à dire ? Et si, au bout du compte, c'est vous qui restez seul au terme de la finale, dans une semaine… ?

J'ignore combien de temps il faut à l'esprit le plus leste pour digérer une surprise de ce calibre et réagir en conséquence. La stupeur mal dissipée, j'ai ébauché comme j'ai pu un début de raisonnement, mais il ne reposait sur rien. Je n'osais pas appeler Torsvan, qui n'osait pas faire de même. L'un et l'autre, nous devions écoper, jeter par-dessus bord toutes ces images et ce qu'elles avaient suscité. Peu à peu s'est prise en moi la décision d'aller jusqu'au bout de cette farce, oui, de boire le calice jusqu'à la lie. Le sentiment de la trahison s'imposait. À deux ou trois exceptions près, nous aurions pu aborder et recruter, nous aussi, les vingt types qui avaient étalé leurs non-destins… Cet état d'alerte et l'anxiété dont il était indissociable n'empêchaient pas que serpente une idée têtue : nous avions été doublés, coiffés au poteau. À ne rien faire, ne risquions-nous pas de perdre définitivement notre prise ?

Il était vingt-trois heures passées quand Antoine Blin est monté à bord de la barque aux cinq rescapés, qui arriverait à bon port une semaine plus tard. Les téléspectateurs avaient été catégoriques, aucun des quinze autres candidats ne méritait la couronne de Monsieur tout-le-monde. À leurs questions incisives, ces usurpateurs n'avaient eu que des réponses évasives. Dehors, les imposteurs ! Dehors, rugissait la foule au standard téléphonique de La Chaîne, qu'ils disparaissent ! Qu'on nous laisse éplucher la vie et les déclarations des survivants…

*

Au cours de la semaine qui suit, nous tentons un peu tout. Comme il ne répond pas au téléphone, nous rôdons vers chez lui. Quelques séances de vigie confirment qu'il ne met pas les pieds à son domicile. On a dû l'introduire je ne sais où, dans le vestibule d'un autre monde où il a mission de patienter. À son centre de tri, que j'ai localisé à force de recherches, on le donne en congé pour la semaine. Quelque part, une horloge décompte les heures avant la seconde émission. Nous n'avons plus guère d'espoir d'une guérison de sa part, à moins que les téléspectateurs ne l'excluent, ne le renvoient à sa vie antérieure. Plus tard, quand je réussirai à le revoir, Antoine me dira de ses interlocuteurs à La Chaîne que « ce sont des gens très corrects ». J'aime chez lui ces mots désuets. Au fond, peut-être est-ce pour cela qu'après les premières approches, j'ai décidé de le retenir. Des gens très corrects : avec des mots pareils, je retourne en un éclair au fond des faubourgs, m'accoude à des comptoirs je ne sais combien de décennies en arrière, traverse je ne sais combien de campagnes et je n'ai plus aucun doute, le mètre étalon du peuple, c'est Antoine Blin. Dans quel repaire le cachent-ils, les gens très corrects ? Nos recherches restent vaines jusqu'au bout, jusqu'à l'instant où il reparaît à l'écran le samedi suivant, sur une musique mélodramatique. La FINALE. Ce soir, nous allons savoir *qui* est Monsieur tout-le-monde, bêle en gros plan le présentateur. Voici, donc, nos cinq derniers candidats (assis, à l'arrière-plan, derrière des sortes de hauts lutrins), vous aurez donc, ce soir, un peu plus de deux heures pour les cuisiner, les harceler de vos remarques et de vos questions, tenter de déstabiliser l'un ou l'autre ou, au contraire, le soutenir. Vous pourrez aussi, je vous le rappelle, influer sur l'opinion des autres téléspectateurs en nous envoyant des SMS qui défileront au bas de votre écran. Chaque candidat sera défendu par un « avocat » venu du monde du show-biz, que chacun d'entre vous connaît. Un chanteur, ou une actrice, une présentatrice, ou encore un footballeur vedette vous dira dans quelques minutes, avec ses tripes, pourquoi il penche pour l'un ou pour l'autre, et il ou elle s'efforcera de vous convaincre. Au final, Étienne volera-t-il la vedette à Hervé, Antoine s'imposera-t-il face aux quatre autres, nous avons déjà cité Hervé et Étienne, mais il faut compter aussi avec Martin et Henri… Attention,

XIV
Le sacrifice

La société de déménagement a proposé plusieurs formules et sans hésiter il a voulu cocher la première, la moins onéreuse, par laquelle le déménagé empaquette la totalité des objets et assume la responsabilité des bris éventuels, mais son *coach* était là pour le remettre sur le droit chemin. Tout ce qui est fragile sera emballé par la Société. Il ne lui restera presque rien à faire ; il en profitera pour effectuer un grand tri, comme s'il avait amoncelé des trésors au cours d'une vie d'aventurier et s'apercevait, avec la distance qu'un véritable héros sait mettre avec son existence, que la caverne d'Ali Baba méritait un allégement substantiel. En entamant son inventaire, Antoine Blin croit qu'en déplaçant ceci ou cela, il retrouvera quelque chose comme le souvenir d'une odeur qui l'a longtemps accompagné. Des odeurs, des cadavres de cancrelats, il en découvre bien encore ici et là, mais rien de ce qu'il recherche. Il souffle ici trop de vents depuis que la canicule a cessé. On a dû procéder à un grand nettoyage à son insu, en son absence. Pour un peu, il parcourrait du bout du nez les recoins et les objets sur le départ, narines en alerte. Mais il ne le fait pas. Il soupèse, palpe, considère, classe, jette, dépose délicatement, écarte, néglige et surprise, s'arrête. *Il* est là, devant lui. Pendant quelques instants, Antoine se revoit entrant dans la librairie un jour de soleil et se dirigeant vers *lui*, caressant sa couverture pour chasser la poussière, mieux voir le fond de l'univers. Pendant quelques instants, devant *le livre*, il se laisse envahir par les mêmes émotions qu'alors. Il y a là-dedans l'ébauche d'une explication de tout, le pourquoi de souffrir et d'attendre, d'aimer si mal et à retardement. Avec des photos troublantes et des textes à sa portée, Antoine a traversé le temps et l'espace et s'est détourné de sa trajectoire.

Mais la trajectoire a plus d'un tour dans son sac pour reprendre qui s'écarte d'elle. Les physiciens, les ingénieurs en balistique l'ont étudiée millimètre après millimètre ; les philosophes l'ont beaucoup trop négligée. Antoine passe les doigts pensivement sur la couverture du livre. Sa sueur imprègne le fond de l'univers. Ce ne sont que des photos du passé, l'entend-on murmurer pour lui-même. D'un très lointain passé, bien antérieur à celui dont tes grands-pères entendaient parler dans les contes. Il se souvient de la distance de la nébuleuse de couverture : des dizaines de milliers d'années-lumière. À quoi bon vivre dans cette préhistoire ? Tire-toi de là énergiquement, Antoine, ces étoiles mortes ne t'apporteront rien. Ni femmes, ni argent. Pense à ton présent. Le présent, *et votre avenir*, comme ils te disent à La Chaîne. Quelque chose en lui résiste pourtant du lien qui s'était noué avec le grand livre, dont lui revient tout un arrière-pays de notions, de mots, d'impressions. Si des journalistes de La Chaîne survenaient dans l'instant, il leur dirait Ce livre, vous voyez... Non, ils ne verraient rien. Non, ce bouquin ne le suivra pas là-bas.

C'est une haute trahison, un crime. Comment y parvenir ? Ce n'est pas dans ses habitudes et pourtant il le fera. Antoine Blin glisse le livre dans un sac plastique opaque et va pour le ficeler... puis se reprend, rouvre et en tire le livre, délicatement, le presse convulsivement contre lui. Son cœur bat contre le fond de l'univers. Antoine effleure le livre du bout des lèvres, le replace dans le sac qu'il ligature maintenant sans mollir. Il sort, l'objet sous le bras, néglige les poubelles de l'immeuble et traverse la cour, se retrouve dans la rue qu'il longe, tourne à droite jusqu'à un endroit où les eaux de ruissellement disparaissent dans une bouche d'égout.

C'est là que leurs chemins se séparent. Vite : n'importe qui peut le reconnaître dès qu'il fait un pas dehors. Il ne doit pas traîner, malgré ses atermoiements.

Maintenant, il peut emménager ailleurs. La chose prend un tour urgent. Plusieurs fois, dans la rue ou chez les commerçants, on lui a demandé un autographe. On ne le regarde plus de la même façon. Auparavant, on ne le regardait pas. Ou alors de très haut, et cela ne s'accompagnait pas comme aujourd'hui de paroles mielleuses qui ne font que l'agacer, mais vous devez vous contrôler, vous êtes devenu un homme public, répète son *coach*. Heureusement, Antoine Blin déguerpit de là demain et n'en a pas touché un mot à quiconque.

*

Au fond, les déménageurs n'auront pas eu un gros travail. Ses quelques meubles se retrouvent dans son nouveau domicile comme des œufs de moineau dans un nid de cigognes. L'achat s'est fait sur un coup de tête, parce que Franck et Ludivine voulaient « lâcher très vite cet appartement et se refaire une nouvelle vie loin, au calme ». Ils lui ont laissé quelques meubles dont ils ne voulaient pas s'encombrer. « Tu nous inviteras, quand nous monterons ? » a suggéré Ludivine en louchant vers la table en merisier.

« Tout est allé si vite, depuis le retour du Vietnam… »

Avoir des amis, cela ira de soi désormais avec un appartement de ce standing, avec sa célébrité. Ils vont apparaître d'eux-mêmes, finis les Franck et les Ludivine, tous ceux qui, depuis son élection, ne lui ont pratiquement pas touché un mot de sa vie nouvelle. Plus encore que sa fouine, Franck s'est montré pincé. Ils ont accepté de lui céder l'appartement, parce que le *coach* lui-même avait suggéré ce quartier huppé et parce que Antoine, ému par leur déroute professionnelle, avait proposé un prix supérieur à celui du marché. Oui, les amis vont naître en nombre, et maintenant qu'il a perdu toute odeur il n'évite plus les autres. C'est qu'avec les amis vont venir les femmes, il n'en doute pas. Les femmes… N'a-t-il pas remarqué, après sa victoire, comme les regards d'Adeline avaient changé à La Chaîne ? Elle avait eu un regard pour les vingt sélectionnés, un autre pour les cinq finalistes. Voilà maintenant qu'elle lui en réserve un tout différent. Demain viendront les œillades.

De la terrasse, aucun autre bruit que le vent dans le feuillage et le choc mat des balles de tennis, entrecoupé par les interjections des joueurs au loin. Antoine Blin veut apprendre le tennis. Enfant, il rôdait autour des courts pour ramasser les balles perdues dans l'herbe haute et dans les flaques. Il les faisait sécher sur un mur au soleil, les ajoutait à sa collection.

Demain, il demandera à son *coach* de l'inscrire au club.

L'intérieur de l'appartement est clair autant que paisible. Le téléphone sonnera bientôt : Adeline a annoncé une nouvelle vague d'interviews. Que lui manque-t-il ? Les pas d'un enfant qui court et joue dans son babil ? Patience. Antoine, me confiera-t-il plus tard à cet endroit même, s'est persuadé qu'avec son élection triomphale (soixante pour cent des voix dès le premier tour et les quatre autres finalistes humiliés, plastronnera-t-il), il a gagné, entre autres lots, une femme ou deux de tout premier choix, lots qu'on ne pouvait pas lui offrir en public tout de suite mais que le destin lui enverra vite.

Les bruits fluctuent en fonction du moment de la journée mais si ne brillait pas un soleil généreux, il serait difficile de baliser le temps. Des livreurs, peut-être : les commandes standard d'une grande surface et d'un excellent traiteur sont livrées sur le coup de midi. Les coursiers de La Chaîne déposent les revues auxquelles il a accordé des entretiens. Il se sent bien. Contours apaisants des portes en arcade, des fenêtres en arcade ; deux tableaux que Ludivine a préféré lui léguer car ils sont faits pour être accrochés ici, comme si le peintre les avait conçus *pour* cet appartement. À peine a-t-elle le temps de soupirer qu'Antoine la chasse de ses pensées. Sur une des toiles, un couchant dore une mer anonyme.

Ses yeux progressent le long des cloisons que rien ne rompt sinon une fenêtre, de loin en loin. C'est tellement mieux que ce papier peint qu'il s'était évertué à poser il y a cinq ans, avec un cousin épisodique. Dans la cuisine, il était vite devenu pisseux.

Rien n'arrête le regard. Après le blanc continue le blanc. Du blanc, rien que du blanc, voilà ce qu'il lui fallait, avec les deux tableaux dessus, Ludivine a un goût certain. Lui aussi en aura, désormais. Il saura ressentir. *Antoine Blin : un homme de goût.* Cela aura un peu plus de gueule, comme titre, que ceux des derniers jours.

Tout ce blanc oblitère son passé. Dans la chambre, il n'a mis au mur que Blandine Bénard. Il attend impatiemment le moment où, introduisant une autre femme dans la pièce, il glissera devant le portrait ou les confrontera, à elles de départager qui l'emportera dans ses sentiments. Pourquoi n'est-ce pas encore arrivé ? Parce que madame tout le monde n'existe pas, parce que l'homme de la rue ne rencontre jamais la femme de la rue et reste célibataire ?

Baste. Ces derniers temps, il s'est demandé comment retrouver Blandine dans la fourmilière. Connu comme il est, il dispose de moyens nouveaux et elle lui écrira certainement. Elle lui rappellera le *temps où*, aussi multiplie-t-il les interviews avec photos, les « unes », car il a relu des lettres dans lesquelles elle parlait de ses lectures, « des revues sur tout et sur n'importe quoi », celles-là mêmes qui le sollicitent. Son écriture, il la distinguera entre toutes parmi la masse des lettres qu'on lui adresse à La Chaîne et que le coursier apporte sur le coup de midi, car il lit son courrier en déjeunant. Plusieurs fois, il a tressailli en croyant la reconnaître.

Généralement, les journalistes, qu'il reçoit au café ou plus tard, sont des femmes ; mais on ne la leur fait pas, elles comprennent les pensées et les pulsions d'Antoine Blin avant qu'elles lui viennent, il en est généralement le dernier averti. Ce qu'elles attendent de lui, c'est la réponse à *la* question qui les tenaille pour leurs rubriques *Vivre mieux* : Que vous fait d'être devenu si populaire si vite ? Comment le gérez-vous ? En servant à son hôte une boisson fraîche sur la terrasse, où, croit-il, une bonne vieille discussion dégénérera en une harmonie utopique, bouleversante comme un soleil de minuit qui ne prend jamais l'eau, il leur glisse avec sincérité voyez-vous, ce que j'aime avec les autres, c'est la complicité, et à ce moment-là la journaliste opine, prend des notes, glisse un œil sur sa montre qui en fond d'aise, il se fait tard, Monsieur tout-le-monde, il faut que j'aille écrire cet article…

XV

Millions d'étoiles derrière lui

Et j'ai fini par retrouver sa trace, en apprenant par la presse qu'il avait emménagé dans un appartement somptueux vendu par des amis, or d'amis il n'en avait guère eu que deux. J'imaginais qu'il avait fait un grand ménage dans son existence. Que pouvaient encore mes arguments sur une Croix-Rouge pour paumés et sur le *but*, sur l'arrêt complet de la machine ? La machine du monde s'était mise à son service, il n'avait plus à la servir, pourquoi l'arrêter dès lors ? J'étais au désespoir, d'autant plus que Torsvan m'avait suggéré d'un air sombre que nous classions le dossier. Je n'osais pas envisager ce que, pour cet homme, sous-entendait un revirement pareil.

Dans ces journées-là, pourtant, je me suis raccroché à un filet d'espoir. J'étais désœuvré une bonne partie de mon temps et le passais à guetter les rares allées et venues de Blin accompagné de jeunes cadres consternants d'allégresse et de propreté. Étaient-ce eux, les gens très corrects dont il m'avait parlé ? Ils le faisaient monter à bord d'un véhicule au logo de La Chaîne et je ne l'apercevais pas plus de dix secondes.

Un jour, cependant, il est sorti *seul*. J'ai hélé le garçon pour régler ma consommation et fait exactement comme dans les films policiers, interceptant un second taxi pour qu'il suive le premier, m'émerveillant de connaître aussi bien mon rôle. En fait, les taxis roulent toujours par deux. Le second est là pour coller au pare-chocs du premier jusqu'à un point mystérieux dont j'ignorais tout. Au bout d'un quart d'heure, mon chauffeur a laissé filtrer une certaine irritation. « Ce type ne sait pas ce qu'il veut. Regardez : il tourne en rond. On est déjà passés par là tout à l'heure. » Parlait-il de son collègue, qui ne réussissait pas à trouver une rue ? Ou bien de Blin. J'ai eu peur que Blin ne se retourne et que mon chauffeur ne le reconnaisse me reconnaissant.

J'aurais pu rouler des heures dans la ville, derrière ce taxi. Il me semblait soudain que c'était mon destin. Je notais les rues que nous empruntions, l'une après l'autre. Après deux ou trois cercles concentriques, il s'était rapproché de son ancien quartier et, tout à coup, j'ai eu le dos parcouru de frissons. J'ai cru à un retour de la chance. J'avais donc raison de dire à Torsvan que tout n'était pas perdu. Nous sommes passés devant son ancien immeuble, sans nous arrêter. Nous roulions au pas, comme un cortège funèbre, bien que les rues du quartier fussent vides. Le taxi de Blin a ralenti encore et j'ai vu mon homme se pencher. L'idée m'est venue qu'au terme de leur carrière, les détectives ne connaissent la civilisation que de dos, au mieux de trois quarts. Le taxi a continué. Il glissait sans bruit au-dessus de l'asphalte chaud et, comme je l'ai dit, le quartier était irréellement désert. J'ai retenu une exclamation. Blin descendait du taxi et se dirigeait vers le square au catalpa. Mon chauffeur s'est rangé sur le trottoir sans que j'aie à l'en prier. D'où j'étais, je pouvais observer tranquillement la scène.

Il m'aurait été facile de l'aborder mais j'ai décidé de ne rien faire, de lui laisser tout le temps nécessaire car je le savais en pèlerinage au pays du regret. Je le cueillerais plus tard, quand il serait parfaitement mûr, prêt à tomber dans mes mains. Ce qui était à l'œuvre dans son esprit devait faire son chemin. Il marchait doucement, comme pour ne laisser aucune trace. Le square était désert, il ne risquait pas d'être reconnu. C'est à ce moment-là que mon chauffeur m'a posé la question, Est-ce bien Monsieur tout-le-monde, et j'ai répondu évasivement. À mi-parcours, dans l'allée, il s'est planté devant son banc et devant la souche du catalpa. J'avais envie de lui murmurer les mots comme ils me venaient : Vois-tu les étoiles en fuite derrière toi, Antoine ? D'entre ces millions d'étoiles, tu ne dois en distinguer que très peu, n'est-ce pas ? Certaines, de moyenne grandeur, scintillent un peu plus que d'autres. Cette fourmilière d'étoiles, Antoine, ce sont les heures, les jours de ta vie. Dépêche-toi de les observer avant qu'ils ne s'éteignent… Dépêche-toi ! Revois-tu l'instant où, par une chaleur abominable, nos regards s'étaient croisés ? Tu étais assis sous l'arbre, je passais à quelques mètres.

XVI

Bouteille à la mer

Des pirates de l'ère moderne avaient détourné son destin et tout le monde jugeait cela normal. On l'avait installé dans un bonheur en simili et tout le monde, de même, trouvait cela normal. J'étais seul à savoir ce qu'Antoine Blin était venu chercher au square. J'allais sachant ce manque et reprenais confiance en moi, en lui, à l'aveuglette, me fiant à une intuition ô combien vague, et je tenais.

Servi par une machine qui ne cessait d'abonder dans son sens, il était devenu immensément populaire, au point que les autorités le convoitaient. On l'avait immortalisé discutant avec le petit ministre de l'Intérieur aux pattes d'éléphant, qui l'avait gratifié d'une tape sur l'épaule et cela avait fourni la photo de « une » du plus grand des magazines. Le petit ministre avait vu en lui un homme « modeste et follement sympathique », ce qui avait fourni le titre. Antoine, sympathique ; Antoine, follement. J'ai poussé ce jour-là le plus long soupir de ma vie, qui en comptait pourtant des milliers à son actif. Tellement follement, Antoine, qu'il était devenu la coqueluche des revues et radios et ce n'était que le début. Je redoutais qu'on ne lui proposât un rôle au cinéma, un poste d'animateur radio ou de talk-show, je ne sais quoi encore.

Tout cela viendrait assurément. J'aimerais, si je le pouvais, faire entendre ici la voix d'Antoine pour que l'on constate combien, sans qu'il ne fît rien, elle ne passait pas mal. Il se *débrouillait.* Il se démenait et jouait le jeu, j'en étais parfois à le haïr, à guetter le moment du dérapage, de la gaffe irréparable par laquelle, en vertu des lois d'acier du politiquement correct, il se réincarnerait en un Mr Hyde dont on ne supporterait plus la vue. J'attendais ce moment avec d'autant plus de patience que, depuis l'« incident » du parc, je croyais Antoine méditant.

*

Mon attente n'a pas porté ses fruits, malgré les semaines. Patience ? Patience. Les programmes ont annoncé sa plus longue interview, ses premières *véritables* confessions télévisées. Il se dit que Monsieur tout-le-monde va se livrer, dévoiler qui il est sans ambages. Puisque nous allons enfin atteindre le fond, les recoins les plus ténébreux de son être, me voici devant l'écran.

On nous a promis de l'émotion. L'émotion aura lieu. Ce sera une émission *joyeuse et résolument tournée vers la vie*, est-il écrit, *avec des pointes de regret* tout de même, et je prends peur à l'idée qu'il ne se répande sur notre organisation et notre rencontre, nonobstant le pacte de silence qui nous lie ; j'en tremble quand il apparaît puis me reprends, voici un homme de parole. Il ne fléchira pas. Je l'écoute. Quoi qu'il dise, il les envoûte avec rien. Au bas de l'écran, la bande défilante le confirme, l'audience grimpe de minute en minute. « Je crois, Antoine, je *sais* même, dégouline le présentateur, je sais puisque vous vous en êtes ouvert quand nous avons préparé l'émission, qu'il manque un ingrédient essentiel à votre bonheur pour qu'il soit parfait. Vous nous avez parlé de votre vie passée puis de votre vie d'aujourd'hui, et j'observe qu'un même manque les unit encore. Pouvez-vous l'évoquer pour nous ? Je crois que vous avez aussi un appel à lancer, ce soir… Il s'agit d'une femme, n'est-ce pas ? » Le présentateur se retourne et la caméra agrandit son visage au point qu'on ne voit que lui. Sa voix se fait solennelle. « Mesdames, mesdemoiselles qui nous regardez en ce moment… Je vous demande d'être particulièrement attentives. Peut-être, celle à laquelle Monsieur tout-le-monde pense profondément, tous les jours, est l'une de vous, qui nous regarde. Mademoiselle, vous êtes *certainement* devant votre poste. C'est pourquoi, mademoiselle, je vous demande d'écouter ce qui va suivre. Antoine, vous êtes, n'est-ce pas, à la recherche d'une femme avec laquelle vous avez eu une longue correspondance, une passion à distance. Ce qu'il y a d'extraordinaire, dites-moi si je me trompe, c'est que vous ne l'avez *jamais* vue. Ou plutôt vous l'avez vue, mais en photo, car vous ne l'avez jamais rencontrée. Tout était prévu pour, mais au dernier moment, ça ne s'est pas fait. Vos espoirs de vie commune sont partis en fumée, et vous en avez d'autant plus souffert (on peut le dire sans vous trahir, car ici, tout le monde vous aime) qu'il n'y a guère eu de femmes dans votre vie. Or, celle-là, cette Blandine, car elle se prénomme Blandine, vous y teniez plus qu'à toutes les autres, au point que vous avez cru votre heure venue, mais elle n'est pas venue. (Je parle de la demoiselle, ha ha ha...) Racontez-nous un peu, pour que nos amis téléspectateurs comprennent bien ce qui s'est passé. Antoine, ce jour de juillet... Allez-y. »

Mais Antoine n'y va pas, il a la gorge nouée. Une chance pareille de lancer une bouteille à la mer en avertissant les vaisseaux de l'existence d'un message, ce n'est pas donné souvent. « Antoine... », l'encourage le présentateur. Puis ça vient. D'un jet, il raconte, les yeux dans le vague, l'annonce et le supermarché, son vide affectif et la révélation, la correspondance et la complicité, sa difficulté d'être, l'attente et l'illusion, l'aéroport, les fleurs, la supercherie, le retour chez lui, le vide. Quand il a dit fleurs, sa voix s'est brisée. Il a marqué une légère pause et réussi tant bien que mal à continuer mais pas pour longtemps, il a vite calé, après un lapsus qui prêtait à rire, a dû faire rire et j'ai eu honte. L'honneur des pauvres types, a toujours clamé Torsvan, n'oubliez jamais ça, Denner, l'honneur des pauvres types ! « Antoine, intervient le présentateur, est assailli par l'émotion, comme vous voyez. Je vais donc continuer pour lui. Il est à la recherche de cette jeune femme, Blandine, dont il est éperdument amoureux et dont nous sommes en mesure de diffuser la photo, ce soir... » Ladite photo envahit l'écran. Blandine sourit en émergeant d'un carton, dans la pose aguicheuse que j'avais remarquée sur le frigo du deux-pièces, dans l'autre vie d'Antoine Blin. Et pendant que le présentateur lance l'avis de recherche, Monsieur tout-le-monde sanglote. La courbe de l'Audimat est en pleine érection. « Si cette personne, en ce moment... »

Je n'ai pas attendu la fin. En éteignant le téléviseur, je me suis décidé à retrouver Antoine coûte que coûte pour lui parler.

XVII

Qui sauve un homme

« Pourquoi ne pouvez-vous pas me lâcher ? Vous croyez que je ne vous ai pas remarqué, en face, au café, ces temps-ci ? Vous m'avez repéré, cet été et, d'accord, vous m'avez beaucoup apporté. J'ai retrouvé une issue, grâce à vous. C'est vrai. Mais maintenant, c'est terminé, nous sommes quittes. Cette époque est révolue. Vous n'allez pas pleurnicher des années là-dessus. Votre syndicat compte des milliers de membres, disséminés partout. Pensez à eux, aux autres, et laissez-moi tranquille. Ou bien vous êtes comme ces sectes qui ne supportent pas de voir un seul adepte leur échapper ? Vous avez peur que je l'ouvre, c'est ça ? Devant les journalistes ? Que je balance tout sur votre organisation, ses objectifs ? Sur vous ? Mais j'aurais pu le faire il y a des semaines déjà, vous n'auriez pas pu m'en empêcher, et je vous redonne aujourd'hui ma parole… »

Là, je l'ai arrêté. Je ne le reconnaissais pas. Je

lui ai recommandé de s'asseoir et me suis assis moi-même dans un fauteuil, sans attendre son autorisation. Il a compris que j'allais lui répondre et que ce que j'avais à lui dire ne le laisserait pas indemne. J'ai fixé des yeux un tableau au mur, un soleil bas sur la mer, pour organiser ma pensée, et c'est venu peu à peu comme ça :

« Il y a longtemps, monsieur Blin, vous m'avez demandé comment je vous avais *reconnu*, dans un parc, en passant. N'est-ce pas ? J'avais esquivé la question en invoquant un certain flair professionnel. J'avais noyé le poisson. Je vous dois maintenant une explication. Pour être franc, nous vous avions repéré bien plus tôt. Nous vous suivions, nous enquêtions sur vous, quand un fait nous a paru déterminant, même capital, qui nous a aidés à conclure que le *pauvre type* dont nous entendions être les représentants, le *syndicat*, ce serait vous. »

Antoine Blin s'était calmé. Je l'ai senti disposé à m'écouter, soucieux, comme si un commencement de compréhension se frayait un chemin et demandait à aller beaucoup plus loin. Et ce fait ? a-t-il interrogé parce que notre silence se prolongeait.

— Vous êtes entré dans une librairie et avez feuilleté un certain livre, et ça, je présume, ça ne vous était pas arrivé souvent. Et ce n'était pas n'importe quel livre. Vous ne l'avez pas feuilleté comme d'ordinaire on parcourt des magazines *people*, vous êtes resté en arrêt devant certaines photos. Vous avez lu leurs légendes. Pendant ce temps-là, j'étais près de vous. Je faisais mine de me plonger dans un autre bouquin. Je vous ai vu payer le livre et l'emporter, il était bien pour vous : vous n'aviez pas demandé qu'on l'empaquette. Dans la rue, malgré la taille de l'ouvrage, vous avez lu le texte de la jaquette. J'étais émerveillé : nous venions de dénicher l'homme que nous entendions défendre. Nous avions enregistré un miniséisme dans notre vie et avions la certitude que vous pourriez aller bien plus loin.

— Comment ça, moi ? Vous parlez de moi comme d'un individu unique. Et les autres ? Vous n'allez tout de même pas me dire qu'eux aussi, un beau jour, sont entrés dans la même librairie pour acheter le même livre et que ce déclic est à l'origine de votre intérêt pour eux ?

— Non, je ne le dirai pas. Vous seul avez manifesté de l'intérêt pour ce livre.

— Et les autres, vous faites comment pour les repérer ?

— Mais… Je supposais que vous aviez compris depuis longtemps ! Que vous acceptiez la situation tacitement, telle qu'elle est… Je croyais que vous m'éviteriez la tâche indélicate de mettre les points sur les *i*. Mais puisqu'il le faut… Vous souvenez-vous quand je vous ai retrouvé perdu au milieu d'un couloir, dans l'immeuble du syndicat ? (J'ai guetté, sur ses traits, l'instant où un déclic… J'aurais aimé l'amener à comprendre de lui-même ; et cependant, cette séance d'explication me donnait un dernier espoir, celui d'une prise de conscience, d'une réaction saine, voire colérique, de sa part.)

— Oui, je m'étais égaré. Je m'étais planté au milieu du couloir en attendant que quelqu'un…

— Vous croyez que je ne vous ai pas observé ? Vous n'avez bien sûr pas imaginé qu'une caméra de surveillance, au plafond, m'avait permis de vous voir ouvrir des portes ici et là… C'est alors que j'ai bondi pour intervenir, craignant qu'il ne soit trop tard et que vous n'ayez des soupçons… Tout ça ne vous a pas intrigué ? Je me suis dépêché de vous rattraper et d'inventer des explications au cas où vous m'en demanderiez ; par chance, vous m'avez épargné les questions mal venues…

— Vous parlez de ces bureaux transformés en pièces d'habitation ? Et des autres, vides ?

— La plupart étaient vides, oui. Pas un meuble. Alfred Torsvan et moi-même n'avions eu qu'à maquiller les portes. Vous avez déambulé dans un décor. C'est que pour nous occuper de vous, nous n'avons pas besoin d'être des dizaines, Antoine.

— De moi ?

— De vous. Et c'est pour cela que nous tenons à vous aujourd'hui, parce que vous n'avez jamais été que le seul et unique adhérent du Syndicat des pauvres types, Antoine. »

À ce point, je l'ai abandonné quelques instants à lui-même. J'ai même fait mine de vouloir repartir mais comme il restait incrédule, j'ai haussé le ton :

— Vous êtes bouché à l'émeri, ou quoi ? Je vous dis que vous étiez notre seul adhérent, que nous n'en avons jamais recruté d'autres ! Évidemment qu'un bureau suffisait ! Si vous nous abandonnez là, si vous suivez le chemin des autres, nous ne pourrons plus rien pour vous.

— Comment ça, unique ? Mais des milliers d'autres sont semblables à moi ! Des dizaines de milliers ! Comment avez-vous pu croire qu'avec moi, seul… Et cette réunion ? Nous étions trente.

— Des figurants, Antoine. Rien de bien compliqué à simuler. Quelques chômeurs recrutés la veille.

Je l'ai senti dépassé, soumis à une pression inattendue. J'avais un message urgent à lui transmettre de notre fondateur, Torsvan : il avait, lui, Antoine Blin, un choix rapide à faire. *Eux, ou nous*. Il s'est affalé dans un fauteuil et je lui ai dit d'accord, nous vous devons certaines explications, tout sera clair ensuite dans quelques secondes et je vous laisserai choisir. Je n'allais pas reprendre le credo du Syndicat, non, simplement lui expliquer comment nous en étions arrivés à lui et non à un autre.

« J'avoue vous avoir menti sur notre fondateur... Torsvan n'est ni riche ni issu du même milieu que nous. C'était un brillant quoique modeste professeur qui enseignait la sociologie à l'université, et dont j'ai eu le privilège d'être l'étudiant plusieurs années de suite. Un homme d'une grande perspicacité, rebuté par son époque, qui se consolait en tâchant de la comprendre au mieux. Enfermer cette époque dans une théorie lui permettait de la surmonter. En plus de ses heures de cours, il menait des recherches et avait publié plusieurs traités, notamment sur la dégénérescence du concept de *peuple*. Après un siècle et demi pendant lequel les centres de pouvoir et les foyers de contestation s'étaient réclamés de lui, le peuple, disait-il, n'était plus qu'un objet de mépris de leur part, et ces centres-là ne faisaient appel à lui que dans deux cas précis, puisque l'époque des guerres était révolue : pour les consultations électorales et pour faire tourner la machine économique. Le peuple pouvait se définir comme la caution du pouvoir, le moteur de sa richesse. Il était industrieux comme une fourmilière et n'avait d'autre horizon que de consommer. Pour Torsvan, ce mépris des masses populaires était à l'origine du mal-être de notre temps et de la décadence par le matérialisme effréné. Les mécanismes actuels lui paraissaient si bien huilés qu'ils pouvaient fonctionner à plein pendant encore plusieurs siècles. Or le peuple, pensait-il, doit être réhabilité, faute de quoi les bases d'un humanisme séculaire seront perdues, faute de quoi, à force de flatter les plus bas instincts des masses, les centres de pouvoir consacreront le retour à une barbarie feutrée, pétrie de technologie. Or, tout au long de sa carrière, Torsvan s'est attaché à définir les contours de ce qu'il estime être le paradigme de la victime de notre temps : Monsieur tout-le-monde, épicentre de la notion de peuple, archétype de l'individu méprisé aujourd'hui par des pouvoirs avides de le manipuler, d'en faire l'électeur et le consommateur dociles que l'on sait.

« Ces travaux lui ont pris des années, et il a rempli, au fur et à mesure que par ses recherches se dessinait la figure de Monsieur tout-le-monde, des centaines de pages d'articles ou de traités, dont une bonne part ont été publiés. Alfred Torsvan a défini le paradigme de l'individu populaire au moyen d'enquêtes sur le terrain mais, aussi, en compilant des statistiques, tant et si bien qu'il a établi son portrait-robot, de manière très concrète. À l'instar de certains grands auteurs du XIXe siècle, Torsvan a toujours cru au bien-fondé de la physiognomonie. Ayant pris des centaines de photos lors des interviews qu'il réalisait, il les a « croisées », faisant apparaître ainsi les traits de Monsieur tout-le-monde. Savez-vous, monsieur Blin : bien avant notre rencontre, Alfred Torsvan avait déduit votre existence et vous avait décrit avec une précision qui vous ferait froid dans le dos, comme l'astronome qui avait déterminé par les mathématiques l'existence d'une planète — Pluton, je crois, ou Neptune, qu'importe —, des années avant qu'on ne l'observe. Naturellement, Torsvan ne pouvait pas disposer de votre état civil exact ; cela, il ne pouvait pas le deviner. C'est en tant que personne morale et physique qu'il vous a révélé.

« Quant à moi, je n'avais jamais perdu le contact avec le professeur. Apprenant qu'il recherchait un collaborateur pour ce qu'il annonçait comme l'expérience de sa vie, je me suis manifesté. À mon immense satisfaction, non seulement le maître s'est souvenu de moi, mais il m'a accepté. Le jour où il m'a exposé les enjeux de l'expérience qu'il comptait mener, j'ai compris qu'il restait de l'espoir. Il s'exaspérait depuis des années de ce que la notion de peuple ne soit plus qu'une coquille vide.

« Ploucs, péquenots, pauvres types, pedzouilles. Tous les mots auront été bons pour éclairer les facettes d'un unique dénigrement, dirigé par les élites contre les perdants de ce monde, les *gens de peu*, les naïfs, sans bagage intellectuel ni ambition. Tous les coups auront été permis contre le pauvre type, ces dernières années. Étrange époque, répète Torsvan. Celui qui, voici trente ou quarante ans, était une âme simple, respectée, est devenu aujourd'hui un fruste, un balourd. Que s'est-il passé ?

« Voici deux ans, le maître a voulu faire le point. Si ses travaux devaient se borner à dresser un constat amer, mieux valait tout arrêter. Alfred Torsvan, à qui tout avait réussi, cherchait encore sa place d'homme. Si son cerveau n'était que le greffier lucide de l'annihilation du peuple, autant le plonger dans la léthargie ambiante. C'est dans ces moments de doute, lors desquels le maître a côtoyé souvent le renoncement, qu'il a émis l'hypothèse lui permettant de ne pas capituler : si l'on parvenait à agir sur le centre névralgique de la société, celle-ci en serait complètement bouleversée. Il importait ni plus ni moins de déplacer l'axe du monde pour influer sur sa course. Si l'on pouvait identifier le paradigme d'un groupe humain et le retourner en notre faveur, tout ce groupe basculerait. Lorsque le maître m'a exposé ses idées, je n'ai pas compris sur le coup où il voulait en venir. Il m'a mis entre les mains le manuscrit sur lequel il travaillait, *Paradigme de l'individu populaire*, et j'ai su qu'il attendait ni plus ni moins de moi que je me mette en quête de cet individu-là, quelque part incarné dans la foule... Et si jamais je le retrouve, ai-je dit, que voudrez-vous en faire ?

— Si l'on retourne cet individu, tôt ou tard le peuple entier basculera. On peut modifier le comportement d'une foule en agissant sur son épicentre, j'en suis certain et je vais le prouver. Les Chinois n'agissent pas différemment en médecine : en intervenant sur un point précis, ils modifient le souffle et l'énergie du corps humain tout entier. Le plus délicat sera de sélectionner l'individu le plus proche du modèle que nous avons défini. Vous pourrez utiliser tous mes contacts dans les ministères, les préfectures, les universités, les instituts de statistiques, tous ces endroits où l'on établit le portrait-robot de Monsieur tout-le-monde. Vous aurez à votre disposition des centaines de milliers de données et de photos. Vous croiserez les paramètres que j'ai définis et localiserez notre homme. Prenez votre temps : ce doit être notre grand œuvre. Cet homme, vous l'aborderez et lui expliquerez qu'il fait fausse route en n'allant nulle part. Nous aurons dressé pour lui le plus attrayant des décors, celui d'un théâtre à l'intérieur duquel nous ferons évoluer des ombres pour qu'il y croie : une organisation providentielle chargée d'élever l'âme, de fournir des projets à ceux qui n'en ont pas, d'éveiller la conscience, bref de *réhabiliter* le peuple, j'insiste ; donner l'estime de soi à qui en ignorait l'existence. Une famille spirituelle, un objectif grandiose. Parce que cet individu paumé, pour l'instant, il ne peut parler à personne. Ce sera désormais chose possible.

« Voilà, avait-il fait. Nous allons déclencher une révolution pour un seul homme parce que (il citait là, je crois, un proverbe juif) qui sauve un homme sauve l'humanité. Voilà dans quelles dispositions d'esprit je me suis mis à votre recherche, monsieur Blin. Au bout de quelque temps, nous avons arrêté notre choix sur une liste restreinte, une petite dizaine de personnes que j'ai commencé à filer. Nous avons hésité. C'est étrange : en vous racontant cela, j'ai l'impression d'avoir effectué alors le travail préparatoire pour cette chaîne de télévision. Ils m'ont volé.

« Un jour, contre toute attente, vous êtes donc entré dans une librairie et je vous ai emboîté le pas. Avide, vous avez feuilleté un ouvrage. Vos yeux pétillaient, vous étiez dans l'enchantement de la découverte. Je me suis approché pour lire le titre. Vous aviez ouvert au chapitre *Origines de la vie* et j'ai saisi une phrase au hasard, pas tout à fait au hasard car elle était imprimée en gras. Selon elle, nous descendons tous d'un seul et même organisme, une cellule primitive datant de trois milliards huit cents millions d'années. Nous avons eu le même réflexe, vous et moi : nous avons relevé les yeux et regardé autour de nous. Le soleil brillait, le même qu'il y a trois milliards huit cents millions d'années.

Il y avait autour de nous des jeunes, des étudiantes et quelques vieux. Et vous avez dû vous dire alors, comme moi, ils ne doivent pas être si inaccessibles, les autres, puisque nous avons tous eu les mêmes aïeux, un couple de poissons sans prétention, et que notre « arrière-grand-mère » était cette bonne vieille cellule primitive qui nous faisait sauter sur ses genoux. J'aurais aimé voir alors votre visage, Antoine, avec, sans doute, un sourire… Ensuite, vous avez continué de feuilleter, en avant, en arrière, vous arrêtant sur des photos, sur des titres. Puis vous avez saisi le livre et êtes allé payer. Soit nous nous étions foncièrement trompés sur vous depuis le début, soit je venais d'assister à un événement majeur. Le maître, lorsque je lui ai raconté l'événement, a abondé dans mon sens : « Vous savez, je crois que nous *le* tenons. C'est sur lui que doivent porter tous nos efforts. » Et je dois dire que nous n'aurions pas eu à regretter la pertinence de notre choix si celui-ci n'avait pas été pillé par ceux dont nous ne soupçonnions pas l'existence. Sauf que, dans leur cas, ce n'est pas un livre qui vous a distingué mais un vote, appelons ça gentiment un vote, une ruée sur les téléphones, le hurlement de la meute. Dieu que nous avons été naïfs de ne pas anticiper ce genre de concurrence… Nous étions deux missions, parties l'une et l'autre de deux points opposés de la Terre à la conquête d'un pôle inviolé. Car à votre corps défendant, et cela vous fera sourire, vous êtes le pôle magnétique des foules. Vous l'ignoriez autant que ce point gelé du Grand Nord ignore qu'il aimante les aiguilles des boussoles. Mais je ne devrais pas vous dire tout ça, vous le savez. Où que vous donniez de la tête, on se retourne sur vous... »

Tout à coup, j'ai fait silence. J'avais oublié de lui dire (mais comment m'aurait-il cru ?) qu'il ne nous avait pas servi de cobaye, nous étions sincères. J'étais prêt à faire le dos rond face à une violente colère. Peut-être tenterait-il de me chasser, à moins qu'il ne me propose un verre, avec la maladresse que j'avais aimée chez lui quand j'avais fait intrusion dans sa vie. Cette fois-ci, c'était encore la première fois, car ce n'était pas la même vie.

Il n'a fait ni l'un ni l'autre. Pendant plusieurs secondes, je l'ai vu prostré. Il a levé les yeux vers moi et je me suis senti dans la peau du chien qu'on attache à un arbre, au bord de la route des vacances. « Je suis désolé, a-t-il fait, peiné. Je ne pouvais pas imaginer que c'était aussi important pour vous... Mais pourquoi avoir monté cette mise en scène, si vous vous intéressiez à moi seul ?

— Si nous vous avions tout expliqué d'entrée de jeu, vous nous auriez rejetés. Vous nous auriez pris pour des fous. Vous n'auriez pas écouté. »

Je n'allais tout de même pas lui révéler que nous étions des anges et que, en cette qualité, nous ne traitions que les cas individuels ; que les masses ne nous intéressaient pas *en tant que telles* et que nous avions besoin, pour l'exercice de notre fonction, de jeter notre dévolu sur un seul homme. Je le sentais étourdi et me suis dit pour la première fois que j'allais gagner, quand Antoine Blin s'est levé en me disant vous boirez bien quelque chose et en me servant un cognac sans attendre ma réponse, j'ai compris que j'avais perdu. Le téléphone a sonné, il a répondu. Il a peu parlé et je l'ai vu acquiescer, sourire et après avoir raccroché, il m'a dit sur un ton légèrement gêné : « La Chaîne, le directeur général. Ils ont trouvé que j'avais été très bon, hier soir. Bien... Vous aimeriez que je renonce, hein ? Pour vous, c'est une occasion en or ! Que j'entame une grève de la vie maintenant que je suis célèbre, que je rentre en moi-même, c'est ça ? Mais je ne suis pas Monsieur tout-le-monde, pas plus que le pauvre type que vous croyez. » Sa voix s'est faite plus forte : « Vous aimeriez que je lâche tout, comme ça. La télé, les interviews, le fric et les femmes que je n'ai jamais pu avoir, c'est ça, hein, tirer un trait dessus par fidélité pour vous ! C'est que j'ai une revanche à prendre, vous l'oubliez. J'ai cru un moment qu'avec vous je pourrais la prendre, mais là, c'est bon, je la tiens et je la vis, alors laissez-moi tranquille, monsieur Denner. Vous n'avez plus aucune chance avec moi, trouvez un autre clampin. Ça court les rues. »

J'ai jeté un coup d'œil circulaire sur son appartement empli d'ombres. Seule dans le vestibule brillait une lumière. Des poissons tropicaux allaient et venaient dans un aquarium. Loin de nous, au-delà de la terrasse, une ville scintillait. Je n'avais aucun argument à faire valoir, aucun de taille à vaincre sa vérité à lui. Je me suis senti infiniment triste pour Torsvan et moi mais aussi pour lui et, au-delà, pour les constructions d'idées qui s'effondrent. J'ai aperçu, au mur, un soleil ras au-dessus d'une mer, et je ne sais pas ce qui m'a pris de lui dire ça :

« Vous avez du goût, dites ! Vous avez su placer votre argent frais dans des tableaux, et vous avez bien choisi ! »

XVIII

L'enfance de la fin du monde

Le lendemain, il n'est pas sorti de chez lui et n'a pas non plus appelé. J'avais fondé quelques espoirs sur sa propension aux regrets. Le surlendemain, la journée a ressemblé comme une sœur jumelle à la veille. Il restait là-haut, probablement sur la terrasse où il devait recevoir des visites : tant de gens entraient dans le hall… Dès lors, mes derniers espoirs se sont enfuis car je me suis dit que la revanche qu'il tenait, il n'y renoncerait jamais. Devenu une étoile, il s'efforcerait de briller pour attirer à lui cette Blandine ou un succédané de sa Blandine.

Au matin du troisième jour, l'espoir a tenté un retour timide… J'avais repris mon guet depuis une petite heure quand je l'ai vu sortir. Étrangement, il ne portait pas les vêtements de nouveau riche qu'on lui voyait ces derniers temps dans les magazines. Peut-être avait-il gardé dans une valise une tenue de sa vie antérieure, prête à resservir, et cela m'a mis la puce à l'oreille. Je me suis dit, et puis non, je ne me suis rien dit. J'étais encore dans la déception et je me suis contenté de le pister. Il avait enfilé un débardeur beige et, malgré les averses, gardait son parapluie sous le bras, au cas où. Il avait décidé de marcher. Petit à petit, mes soupçons se sont renforcés, jusqu'à ce que je me dise oui, c'est bien ça. Il est entré dans l'impasse du Nouveau-Monde et je l'ai laissé avancer, me suis réfugié au café du coin, tout au fond. J'ai jeté un coup d'œil sur ma montre : onze heures cinq. Devant le perron, il a dû constater que nous avions dévissé la plaque noire. De ma table, je ne voyais pas le bout de l'impasse. Comme il ne reparaissait toujours pas au bout de dix minutes, je me suis dit qu'il avait dû entrer. Certainement, il avait appelé l'ascenseur et pressé le bouton de ce qui avait été notre étage. En poussant la porte de mon bureau, il avait dû avoir subitement très froid. Il avait dû faire de même dans toutes les pièces, jusqu'au studio où Torsvan avait logé un temps.

Un long moment plus tard, il est repassé. Il avait mon numéro de téléphone portable et pouvait, s'il le voulait, tenter de me joindre à toute heure. Je le lui avais répété avant de quitter l'appartement aux poissons et aux tableaux : Je ne l'éteindrai pas, mais dépêchez-vous. Décidez-vous avant qu'ils n'aient fait de vous un autre. Vous êtes en danger. Après, il sera trop tard. Ces formules, on les réserve plutôt aux femmes qu'on aimerait aimer encore, quand elles, elles ne veulent plus du tout.

En le voyant quitter l'impasse, j'avoue avoir traversé mon tout dernier moment d'espoir. On appelle ça *choc salutaire*, ce qui conduit d'habitude à *prise de conscience*, directement. Il suffisait d'être patient. Alfred Torsvan y a cru de nouveau, lui aussi. Il proposait d'intervenir lui-même, mais je l'en ai dissuadé. Non, attendons. Nous avons toujours fait preuve de patience, avec lui, et ça a payé.

La phase que nous avons traversée alors a été de loin la plus pénible. Le seul qui appelait sur mon portable était Torsvan. Sans doute avions-nous besoin de nous rassurer, mais au moment où il raccrochait, l'anxiété était plus forte que jamais. Nous voyions notre filet d'espoir absorbé par des jours arides, par des heures qui passaient sans que rien ne se passe.

Combien de temps cela a duré, je ne pourrais le dire. J'aurais pu repartir à la pêche un beau matin sur l'océan des statistiques, sonder les profondeurs en quête d'un presque Blin que j'aurais hissé à la surface pour l'exposer à la lumière. Non. Celui que nous avions repéré était irremplaçable.

Petit à petit, je me suis fait une raison. La cause était entendue. Pour accomplir mon deuil, j'ai décidé d'en finir avec ce qui nous reliait encore. Cela m'est venu comme ça, un jour où le soleil jouait les durs et rappelait à chacun la canicule passée. Marchant au hasard, j'ai senti un objet au fond d'une poche, le portable. Depuis combien de jours n'avait-il pas vibré ? Je longeais un canal qui ne savait non plus où aller, avec ses bouteilles en plastique et plein de débris du monde, et brutalement j'ai envoyé mon téléphone rejoindre tout ça, avec sa carte SIM, son forfait, toutes les photos de famille heureuse qu'il aurait pu contenir si j'avais vécu normalement, et les numéros mémorisés dont je n'avais plus l'usage. Il a coulé à pic. Même Torsvan ne m'avait pas appelé, ces jours-ci. Une semaine qu'il ne s'était plus manifesté, ou deux ? L'idée, la grande idée qui avait illuminé nos vies, venait de couler elle aussi.

Un matin, feuilletant un journal, je suis tombé sur lui. Ce n'est pas que je le cherchais, sans quoi j'aurais acheté des magazines *people*. En voyant sa photo, j'ai compris qu'au fond du canal, il n'avait jamais laissé de message dans ma boîte vocale.

> Antoine Blin, la coqueluche des téléspectateurs, devenu en quelques semaines une des personnalités les plus populaires (deux sondages le plaçaient jeudi dernier parmi le top 10 des figures les plus attachantes du pays, tous domai-

nes confondus), a été chargé hier par La Chaîne de présider une nouvelle commission dont la mission consistera à sélectionner dans les mois à venir un panel de candidats à la prochaine édition de l'élection de Monsieur tout-le-monde, manifestation qui, étant donné son succès, devient annuelle. Antoine Blin, qui sera assisté de dix personnes, dont plusieurs conseillers de La Chaîne et deux des candidats finalistes, a accepté la proposition avec enthousiasme. Il a refusé de divulguer à notre reporter quels seront ses émoluments dans ses nouvelles fonctions, se bornant à lui confier qu'il était en tout point « comblé. Je ferai mon possible pour me montrer à la hauteur. » Et d'ajouter qu'en tant que premier lauréat, il avait aussi accepté de devenir le parrain de la seconde édition, laquelle se déroulera après l'élimination progressive des cent premiers candidats retenus par sa propre commission. Rappelons que la dernière sélection, constituée de seulement cinq personnes, sera soumise au vote des téléspectateurs, selon le concept qui a assuré le succès de la première édition.

… Antoine n'avait pas hésité bien longtemps. La proposition était alléchante, le « travail » bien rémunéré et son conseiller financier lui avait assuré qu'en plaçant au mieux cet argent, il aurait de quoi couler des jours heureux. Avant d'assumer ses nouvelles fonctions, il avait eu une réunion de cadrage, comme ils appelaient ça, avec un conseiller en communication de La Chaîne, un homme froid qui s'était essayé à la cordialité en lui tenant un étrange discours. « Nous suivrons vos conseils à la lettre, monsieur Blin. Nous serons évidemment au diapason... *Cependant...* Je dois vous en avertir, la mission qui vous incombe ne sera pas tout le temps une partie de plaisir. Nous comptons beaucoup sur vos qualités, je dirais sur votre flair... » Antoine Blin l'avait remarqué, l'autre faisait tout pour se mettre à sa portée mais ne pouvait empêcher que son naturel revînt au galop. Des îlots de rhétorique émergeaient d'un discours policé et Blin avait retenu certaines phrases, qu'il avait notées dans un cahier, pour s'en souvenir : « Notre monde a besoin de modèles sur lesquels la masse ajustera ses comportements, comprenez-vous ? Avec le soutien des annonceurs et de certains cercles politiques, nos commerciaux nous incitent à propager l'image de *l'homme de la rue* apprécié pour ce qu'il est : un consommateur fervent, réceptif aux nouveaux produits mis sur le marché, politiquement passif mais avide d'être de son temps, et avec ça éloigné de toute prétention intellectuelle, modeste, dont l'ego n'est pas atteint d'éléphantiasis, quoi. Un homme comme vous, Blin ! À vous, aujourd'hui, de nous aider à repérer les futurs prétendants au titre, qui s'inscriront dans votre lignée année après année. Les Soviétiques ont eu leur Stakhanov, le type qui bossait sans arrêt, et Morozov, qui avait dénoncé son père ou son frère, je ne sais plus, pour le bien de la Révolution ; les Chinois avaient inventé de toutes pièces Lei Fen, qui lavait des carreaux toute la nuit par amour pour Mao. Nous, nous avons conçu Monsieur tout-le-monde. L'*homo capitalisticus* peut enfin se dresser fièrement ! Au travail, donc. Je vous lis la note de notre direction : vous aurez à sélectionner un panel de candidats *susceptibles de séduire une forte audience par leur banalité, leur banalité extrême*. J'allais dire médiocrité, mais je ne le fais pas, vous voyez ce que je veux dire. »

⋆

Régulièrement, je suis revenu au *Bar du temps qui passe*. Je tenais à surveiller à feu doux ses allées et venues, sans croire à rien. Il ne lui prenait visiblement plus l'idée de sortir quand j'entamais mon tour de garde. C'était absurde. Je me détestais d'être obstiné et pourtant, j'ai accumulé les petites séances de guet, une demi-heure, parfois plus, sans jamais l'apercevoir. S'il avait surgi, qu'aurais-je fait ? Le suivre, l'aborder ? Je crois que pour guérir de cette histoire, je tenais à le revoir une dernière fois en affichant haut mon dédain. Je venais me mithridatiser contre la défaite.

Torsvan et moi, notre pacte était tacitement rompu et, je l'ai dit, nous ne communiquions plus. J'agissais pour mon compte, et puis aussi, je le répète, pour rien.

Je ne pouvais pas prévoir quel tour prendrait notre dernière rencontre. On était quelques semaines plus tard. Je n'étais pas retourné dans son quartier depuis une dizaine de jours. En entrant dans sa rue, j'ai remarqué un attroupement. Un véhicule rouge à gyrophare bleu et un fourgon noir stationnaient au pied de son immeuble. J'ai compris que le moment de le revoir était venu. On évacuait sur une civière la dépouille de Monsieur tout-le-monde (une balle dans le dos, chuchotait la foule, un intrus chez lui, et un lâche, avec ça). À sa vue, une pensée romanesque s'est présentée à moi, parce que mon état de choc réactivait un vieux penchant pour l'absurde. La femme qu'il attendait — à moins qu'elle n'ait mandaté un homme de main — était venue enfin à lui, à une heure où il somnolait dans un fauteuil, près de la terrasse. Ou bien il se tenait de dos et ne l'avait pas entendue entrer, et elle n'avait fait ni une ni deux. La balle était partie. Jusqu'au bout, ainsi, il n'aurait pas vu sa Blandine. Il n'aurait pas eu le temps de regretter l'étalage de ses humiliations, cet appel de chien abandonné lancé à la télévision, la photo de l'inconnue grossie par la caméra.

À peine avais-je aperçu le visage d'Antoine Blin sur la civière — son menton fuselé au pied d'une trogne commune, montée sur un corps étriqué à la peau très pâle — que la porte arrière de l'ambulance s'est refermée sur lui et qu'on a propagé ce constat tout autour : mort. Il a fallu tout de même que je pose la question, c'est bien Antoine Blin qu'on emmène, la célébrité ? comme s'il pouvait avoir un sosie dans son propre immeuble. Avait-on arrêté l'assassin, recueilli des indices ? Connaissait-on le mobile du crime ? La jalousie, ont entonné des badauds. Chacun désignait la jalousie, que pouvait-il y avoir d'autre ? Rien ne semblait avoir été volé chez lui. La jalousie ? Son élection a fait des jaloux, sa nomination à la commission en a engendré d'autres... Des suspects ? La police dresse déjà une liste, répétait la foule. Elle va interroger les autres candidats, on interpellera tous les jaloux s'il le faut, précisait la foule révulsée. Soudain, j'ai pensé que derrière ses pleurs, elle n'allait plus voir que moi et mes questions insistantes, fondre sur moi pour me lyncher ou me livrer aux autorités, et je me suis tu.

*

Je date de ce jour-là le commencement de la fin du monde. Contrairement à ce que laisse penser la croyance populaire, la fin du monde ne vient pas tout à trac, par un bouleversement d'ordre cataclysmique. Elle procède à pas de loup, prend son temps. L'apocalypse est une œuvre de longue haleine, un *work in progress* dont la première touche, à mes yeux, aura été la mort sauvage d'Antoine Blin.

Sa disparition a fait grand bruit partout, sur les radios et sur les chaînes, dans les forums de discussion, la presse à scandale et même les feuilles intellectuelles. Oui, les intellectuels ne se sont pas privés de danser sur le cadavre d'Antoine Blin.

Je date de cette époque-là le commencement de la fin du monde mais je ne pourrai guère en dire davantage. Une pensée clandestine, difficile à chasser tant elle me troublait, m'a accaparé durant des heures : selon elle, Alfred Torsvan, dont je suis seul à savoir le rôle qu'il a joué dans la destinée de Blin, se charge lui-même du sale travail d'éliminer Monsieur tout-le-monde. Mais comment serait-ce possible de sa part, lui qui a toujours dit sa haine de la brutalité ? Torsvan aimerait rencontrer son invention avant qu'elle lui échappe, tenter de la raisonner. Peut-être tout est-il décidé dans sa tête avant qu'il n'entre chez Blin. Se parlent-ils seulement ? Le connaissant, j'ai du mal à concevoir qu'il ne se présente pas. Au bout d'un moment, à court de munitions, Antoine refuse de poursuivre la discussion et lui tourne le dos. Le Syndicat des pauvres types ? Torsvan ? Vous appartenez à mon passé, a-t-il dû lui répéter. Dieu le père ne réussirait pas à me faire changer de cap… Dieu le père, vous vous rendez compte ? Torsvan s'obstine, argumente quand Blin s'obstine à ne plus le faire. Au plus profond de sa détresse, Torsvan se tait et l'autre s'éloigne. C'est à ce moment que le maître abat sa trouvaille. Rideau maintenant sur cette hypothèse.

Il me serait facile, peut-on penser, d'aller trouver Torsvan et de lui extorquer un démenti formel qu'il me donnerait sans délai. Mais ce matin, veille des obsèques de Blin, j'ai appris par la presse le suicide de Torsvan. En fin de compte, la disparition du maître a fait plus de bruit que je ne l'aurais imaginé au fond des pages *culture*. Avant d'énumérer les titres de ses principaux ouvrages, on cite généreusement « *l'échec*, confessé dans un billet retrouvé à côté du corps, *de mes travaux à aider la société à se comprendre elle-même et à réagir à temps. Réfléchir et écrire pendant des décennies pour une coterie de plus en plus restreinte, pour une espèce en voie de disparition, quelque raffinée fût-elle, ne rime à rien si mes idées ne réussissent pas un jour à s'éloigner des côtes.* » De son dernier « champ de manœuvres social », comme il appelait sa tentative de refondation du monde par Antoine Blin, il n'est question nulle part.

*

De nous trois, Blin, Torsvan et moi, je reste le seul rescapé d'une révolution sociale qui, n'ayant pas eu lieu, a manqué de peu de réussir. Torsvan sera inhumé après-demain dans l'intimité.

La Chaîne retransmettra en direct l'entrée de Monsieur tout-le-monde dans la crypte des grands hommes.

XIX

Sirènes

Bien des souvenirs s'effacent aussi vite que les traces de nos pas mais ceux-là, je ne m'en déferai pas de sitôt. Lorsque les caméras se sont ouvertes sur la foule et sur ton cercueil, Antoine, dans cette rue large que le flot remontait au son d'une marche funèbre, j'ai repensé au gâteau. Gâteau sortant d'un four entre tes mains malhabiles, dont tu avais parlé à ta seconde visite à mon bureau. Le dimanche, en fin de matinée, monsieur Denner, lorsque j'ai fait mon quinté au guichet vert et blanc au fond du café, je reviens et je me mets au gâteau. Tu m'avais regardé dans les yeux en souriant et avais ajouté : J'aime ça ! Toujours le même, je ne connais qu'une seule recette mais, chaque fois, j'introduis des petites variantes, que je note. Le gâteau est prêt dès midi et refroidit. Ensuite, voyez-vous, je déjeune. Là, tu avais souri : Il est là pour les enfants que je n'ai pas eus, au cas où ils se décideraient à passer sur le coup de quatre cinq heures. Tu avais eu un petit raclement de gorge avant de te reprendre. Non, il était là pour les amis ou les connaissances susceptibles de passer dans l'après-midi, au pied levé. Les visites que tu préférais, avais-tu dit. Je doute que tu en aies eu beaucoup ces dernières années. De gâteau en gâteau, tu accomplissais à petites doses le deuil de toi-même et ton embonpoint témoignait des parts que les invités n'avaient pas mangées. J'aurais dû entrer dans ta vie quelques mois plus tôt, un de ces dimanches où, pour parer à toute éventualité, le gâteau trônait sur la table comme ton cercueil, porté par les quatre autres finalistes, occupe le milieu de la rue.

Le commentateur a trouvé le ton juste. C'est que la caméra s'attarde sur les représentants de l'État, le visage fermé. « Sans eux, sans la bienveillance et la compréhension du sommet de l'État, Antoine Blin ne prendrait pas en ce moment le chemin de sa… (il allait dire sa dernière demeure mais se rattrape, improvise au masculin) son… (l'adjectif possessif ne collant décidément à rien, il laisse tomber) cet édifice qui est la gloire de notre pays, de notre histoire, et dans lequel, enfin, l'homme de la rue va être inhumé… La foule… La foule qui afflue par des rues latérales… Des vagues humaines, une multitude… Le ministre de l'Intérieur est là… Il a tenu tout particulièrement à être présent, alors même qu'hier encore, il rendait hommage aux forces de l'ordre à N., à six cents kilomètres d'ici ! À sa droite, le ministre de la Communication, partenaire incontournable de notre chaîne dans cette opération... Cet événement est une forme d'approfondissement de notre démocratie, disait encore ce matin le président de notre chaîne, Serge Lacour de Bonvoisin, enfin l'égalité règne aussi devant l'immortalité, elle n'est plus l'apanage d'une élite. Et comme nous partageons son point de vue ! s'envole le présentateur. Six mois d'une immortalité ô combien méritée, certes prématurée, pour celui qui venait d'être reconnu à sa juste valeur... La foule grandit... Le cercueil du défunt, déjà à mi-chemin dans cette rue noire de monde... Le ministre de l'Intérieur... Ce matin, Monsieur le ministre nous déclarait en exclusivité que tout serait fait pour que l'enquête aboutisse rapidement. D'ailleurs, plusieurs suspects... Des pistes, Monsieur le ministre ? Assurément, du côté de certains concurrents, dans les phases successives de l'élection. Des mythomanes, des grands jaloux... Faisons confiance au travail de nos inspecteurs de police... La foule... »

Soudain, les sirènes ont retenti. Tout un pays de sirènes gémissait à l'unisson à la mémoire du disparu. Cela a duré plusieurs minutes. Devant le monument aux grands hommes, la foule s'est figée. Le cercueil s'est immobilisé. Les sirènes des bateaux font de même dans des rades lointaines, décollait le présentateur.

J'ai éteint le téléviseur. Le grand paquebot de l'esprit allait accueillir dans ses cales une marchandise inhabituelle, à livrer dans six mois jour pour jour dans un port peu illustre, le petit cimetière de banlieue qui t'attendait, Antoine. Dans six mois, ils t'oublieraient, tu avais cent quatre-vingts jours pour te faire à cette idée.

⋆

Un jour, plus tard, je suis revenu à la source de tout ça. Cela faisait un certain temps que l'envie était là, à l'état latent, comme une remorque que je suis parvenu enfin à tirer d'une ornière. Il faisait un beau soleil quand des clochettes ont signalé mon entrée dans la librairie. Je ne me faisais guère d'illusions en avançant vers la table où je t'avais surpris des mois plus tôt. D'autres ouvrages avaient pris la relève. J'ai cherché le livre en vain. Au moment de le commander, j'ai craint qu'il ne soit épuisé mais le libraire s'en souvenait, « on en a vendu au moment des fêtes ». Je repasserais d'ici une semaine, on me le mettrait de côté.

Lorsque je l'ai eu en main, je l'ai lu religieusement, jusqu'à la dernière page. Après avoir absorbé une somme pareille sur l'origine de tout, on se met à voir le monde différemment, on se recrée une cosmogonie ; l'homme cesse de tourner autour du pot, c'est le pot qui tourne autour de l'homme.

Je l'avais lu pour Torsvan, pour moi-même et surtout par hommage pour cet allié, inattendu, qui m'avait guidé vers toi, Antoine. J'avais le temps. Je n'avais pas encore pris ma décision. Pendant plusieurs semaines, j'ai penché en faveur du non. Mon scrupule ? Te tourmenter, Antoine, avec ce que tu avais rejeté un jour. Mais là où tu es on ne se tourmente plus, ai-je conclu au bout d'un temps.

Ainsi ai-je pris sous le bras l'infiniment petit et les années-lumière, le commencement de tout, après l'avoir enfermé dans une boîte étanche apte à supporter une concession de quatre-vingt-dix-neuf ans. Je me suis mis en route un matin de forte pluie. Les mois avaient passé. Après avoir suivi le cortège de loin, je me suis approché une fois tous repartis. En six mois, les plus fins limiers n'avaient rien découvert. Qui s'acharne, où que ce soit, à assassiner Monsieur tout-le-monde ? La réponse à cette question est à chercher ailleurs, loin de toute enquête policière. Derrière les pots de fleurs et les couronnes, j'ai déposé le grand livre calfeutré dans sa boîte. Avant de partir, regardant la boîte, je me suis répété tout bas une longue phrase que l'on trouve vers la fin, et que j'avais apprise par cœur avant de l'enfermer : *Nous voici au terme d'un voyage dans le temps de quatorze milliards d'années qui nous a conduits des températures ahurissantes et des densités inimaginables de cette formidable déflagration que fut le Big Bang jusqu'à l'avènement de la conscience, capable de se poser des questions sur l'univers qui l'a produite.*

Ensuite, je suis revenu ne rien faire dans mon deux-pièces. C'est là, je crois, que j'ai réellement encaissé le coup, plus précisément une série de minichocs, des répliques qui se succédaient cependant que je ne faisais rien. Certains ont disserté sur le bout du monde ; j'affirme qu'il existe aussi un bout du temps et que j'y étais parvenu.

On se sentait aux portes d'un nouvel été, je le remarquais au ralentissement du temps. *Ça* ne passait plus. Dans la cour, des minutes entières pouvaient s'écouler sans que rien ne change ni ne bouge sous un ciel impeccablement balayé, et les ombres étaient peu pressées de s'allonger. Vers le milieu de l'après-midi, mon téléphone fixe a sonné. N'ayant aucune raison de décrocher, j'ai compté les sonneries sans me demander qui cela pouvait être. Au bout de huit, elles ont cessé.

Plus tard, j'ai repensé à ce coup de téléphone et me suis approché du cadran où s'était inscrit un numéro. Un frisson m'a parcouru l'échine. C'était le numéro dont Blin avait reçu des appels. Un numéro auquel il était vain de résister et face auquel, Torsvan et moi, nous avions su plus ou moins de longue date que nous ne pourrions rien. C'était le numéro des naufrageurs modernes, qui montent au sommet de la falaise chaque fois qu'il fait tempête dans la nuit d'un homme, pour l'attirer vers les écueils avec leur fanal trompeur. J'aurais pu décrocher, au moment de l'appel. La personne à l'autre bout du fil aurait pris sa voix la plus accorte d'animatrice de télévision et aurait mis son sourire postiche. Cette voix aurait pu travestir nos champs de ruines en un palais des mille et une nuits. « Monsieur Denner ? aurait chanté la Lorelei. Vous l'ignorez, monsieur Denner, car vous êtes modeste. Mais nous, nous vous connaissons. Nous savons quel héros vous êtes. Nul n'a jamais su vous estimer à votre juste valeur. Alors, accordez-moi quelques instants, écoutez-moi... »

été 2004 — mars 2006

DU MÊME AUTEUR

Aux Éditions Stock

CROISIÈRE EN MER DES PLUIES, *roman*, 1999

LES CENDRES DE MON AVENIR, *roman*, 2001

LA DURÉE D'UNE VIE SANS TOI, *roman*, 2003

MES TRAINS DE NUIT, *récit*, 2005

LE SYNDICAT DES PAUVRES TYPES, *roman*, 2006 (Folio n° 4705)

L'HOMME SANS EMPREINTES, *roman*, 2007

Aux Éditions Cadex

BILLET POUR LE PAYS DORÉ, *nouvelles*, 2007

Aux Éditions José Corti

ISMAÏL KADARÉ, PROMÉTHÉE PORTE-FEU, *essai*, 1991

ENTRETIENS AVEC ISMAÏL KADARÉ, 1991

DANS LES LABORATOIRES DU PIRE, totalitarisme et fiction littéraire au XXe siècle, *essai*, 1993

JE SUIS LE GARDIEN DU PHARE, *nouvelles*, 1997

LE SANATORIUM DES MALADES DU TEMPS, *essai*, 1996

LES LUMIÈRES FOSSILES, *nouvelles*, 2000

QUELQUES NOBLES CAUSES POUR RÉBELLIONS EN PANNE, *nouvelles*, 2002

UN CLOWN S'EST ÉCHAPPÉ DU CIRQUE, *nouvelles*, 2005

Aux Éditions Serpent à Plumes

LE GÉNÉRAL SOLITUDE, *roman*, 1995

PARIJ, *roman*, 1996

LE MYSTÈRE DES TROIS FRONTIÈRES, *nouvelles*, 1998

COLLECTION FOLIO

Dernières parutions

4366. Michel tournier	*Le bonheur en Allemagne?*
4367. Stephen Vizinczey	*Éloge des femmes mûres.*
4368. Byron	*Dom Juan.*
4369. J.-B. Pontalis	*Le Dormeur éveillé.*
4370. Erri De Luca	*Noyau d'olive.*
4371. Jérôme Garcin	*Bartabas, roman.*
4372. Linda Hogan	*Le sang noir de la terre.*
4373. LeAnne Howe	*Équinoxes rouges.*
4374. Régis Jauffret	*Autobiographie.*
4375. Kate Jennings	*Un silence brûlant.*
4376. Camille Laurens	*Cet absent-là.*
4377. Patrick Modiano	*Un pedigree.*
4378. Cees Nooteboom	*Le jour des Morts.*
4379. Jean-Chistophe Rufin	*La Salamandre.*
4380. W. G. Sebald	*Austerlitz.*
4381. René Belletto	*La machine.*
4382. Philip Roth	*La contrevie.*
4383. Antonio Tabucchi	*Requiem.*
4384. Antonio Tabucchi	*Le fil de l'horizon.*
4385. Antonio Tabucchi	*Le jeu de l'envers.*
4386. Antonio Tabucchi	*Tristano meurt.*
4387. Boileau-Narcejac	*Au bois dormant.*
4388. Albert Camus	*L'été.*
4389. Philip K. Dick	*Ce que disent les morts.*
4390. Alexandre Dumas	*La dame pâle.*
4391. Herman Melville	*Les Encantadas, ou Îles Enchantées.*
4392. Pidansat de Mairobert	*Confession d'une jeune fille.*
4393. Wang Chong	*De la mort.*
4394. Marguerite Yourcenar	*Le Coup de Grâce.*
4395. Nicolas Gogol	*Une terrible vengeance.*
4396. Jane Austen	*Lady Susan.*
4397. Annie Ernaux/ Marc Marie	*L'usage de la photo.*
4398. Pierre Assouline	*Lutetia.*

4399.	Jean-François Deniau	*La lune et le miroir.*
4400.	Philippe Djian	*Impuretés.*
4401.	Javier Marías	*Le roman d'Oxford.*
4402.	Javier Marías	*L'homme sentimental.*
4403.	E. M. Remarque	*Un temps pour vivre, un temps pour mourir.*
4404.	E. M. Remarque	*L'obélisque noir.*
4405.	Zadie Smith	*L'homme à l'autographe.*
4406.	Oswald Wynd	*Une odeur de gingembre.*
4407.	G. Flaubert	*Voyage en Orient.*
4408.	Maupassant	*Le Colporteur* et autres nouvelles.
4409.	Jean-Loup Trassard	*La déménagerie.*
4410.	Gisèle Fournier	*Perturbations.*
4411.	Pierre Magnan	*Un monstre sacré.*
4412.	Jérôme Prieur	*Proust fantôme.*
4413.	Jean Rolin	*Chrétiens.*
4414.	Alain Veinstein	*La partition.*
4415.	Myriam Anissimov	*Romain Gary, le caméléon.*
4416.	Bernard Chapuis	*La vie parlée.*
4417.	Marc Dugain	*La malédiction d'Edgar.*
4418.	Joël Egloff	*L'étourdissement.*
4419.	René Frégni	*L'été.*
4420.	Marie NDiaye	*Autoportrait en vert.*
4421.	Ludmila Oulitskaïa	*Sincèrement vôtre, Chourik.*
4422.	Amos Oz	*Ailleurs peut-être.*
4423.	José Miguel Roig	*Le rendez-vous de Berlin.*
4424.	Danièle Sallenave	*Un printemps froid.*
4425.	Maria Van Rysselberghe	*Je ne sais si nous avons dit d'impérissables choses.*
4426.	Béroalde de Verville	*Le Moyen de parvenir.*
4427.	Isabelle Jarry	*J'ai nom sans bruit.*
4428.	Guillaume Apollinaire	*Lettres à Madeleine.*
4429.	Frédéric Beigbeder	*L'Égoïste romantique.*
4430.	Patrick Chamoiseau	*À bout d'enfance.*
4431.	Colette Fellous	*Aujourd'hui.*
4432.	Jens Christian Grøndhal	*Virginia.*
4433.	Angela Huth	*De toutes les couleurs.*
4434.	Cees Nooteboom	*Philippe et les autres.*
4435.	Cees Nooteboom	*Rituels.*
4436.	Zoé Valdés	*Louves de mer.*

4437. Stephen Vizinczey	*Vérités et mensonges en littérature.*
4438. Martin Winckler	*Les Trois Médecins.*
4439. Françoise Chandernagor	*L'allée du Roi.*
4440. Karen Blixen	*La ferme africaine.*
4441. Honoré de Balzac	*Les dangers de l'inconduite.*
4442. Collectif	*1,2,3... bonheur!*
4443. James Crumley	*Tout le monde peut écrire une chanson triste* et autres nouvelles.
4444. Niwa Fumio	*L'âge des méchancetés.*
4445. William Golding	*L'envoyé extraordinaire.*
4446. Pierre Loti	*Les trois dames de la Kasbah* suivi de *Suleïma.*
4447. Marc Aurèle	*Pensées (Livres I-VI).*
4448. Jean Rhys	*À septembre, Petronella* suivi de *Qu'ils appellent ça du jazz.*
4449. Gertrude Stein	*La brave Anna.*
4450. Voltaire	*Le monde comme il va* et autres contes.
4451. La Rochefoucauld	*Mémoires.*
4452. Chico Buarque	*Budapest.*
4453. Pietro Citati	*La pensée chatoyante.*
4454. Philippe Delerm	*Enregistrements pirates.*
4455. Philippe Fusaro	*Le colosse d'argile.*
4456. Roger Grenier	*Andrélie.*
4457. James Joyce	*Ulysse.*
4458. Milan Kundera	*Le rideau.*
4459. Henry Miller	*L'œil qui voyage.*
4460. Kate Moses	*Froidure.*
4461. Philip Roth	*Parlons travail.*
4462. Philippe Sollers	*Carnet de nuit.*
4463. Julie Wolkenstein	*L'heure anglaise.*
4464. Diderot	*Le Neveu de Rameau.*
4465. Roberto Calasso	*Ka.*
4466. Santiago H. Amigorena	*Le premier amour.*
4467. Catherine Henri	*De Marivaux et du Loft.*
4468. Christine Montalbetti	*L'origine de l'homme.*
4469. Christian Bobin	*Prisonnier au berceau.*
4470. Nina Bouraoui	*Mes mauvaises pensées.*

4471. Françoise Chandernagor *L'enfant des Lumières.*
4472. Jonathan Coe *La Femme de hasard.*
4473. Philippe Delerm *Le bonheur.*
4474. Pierre Magnan *Ma Provence d'heureuse rencontre.*
4475. Richard Millet *Le goût des femmes laides.*
4476. Pierre Moinot *Coup d'État.*
4477. Irène Némirovsky *Le maître des âmes.*
4478. Pierre Péju *Le rire de l'ogre.*
4479. Antonio Tabucchi *Rêves de rêves.*
4480. Antonio Tabucchi *L'ange noir.* (à paraître)
4481. Ivan Gontcharov *Oblomov.*
4482. Régine Detambel *Petit éloge de la peau.*
4483. Caryl Férey *Petit éloge de l'excès.*
4484. Jean-Marie Laclavetine *Petit éloge du temps présent.*
4485. Richard Millet *Petit éloge d'un solitaire.*
4486. Boualem Sansal *Petit éloge de la mémoire.*
4487. Alexandre Dumas *Les Frères corses.* (à paraître)
4488. Vassilis Alexakis *Je t'oublierai tous les jours.*
4489. René Belletto *L'enfer.*
4490. Clémence Boulouque *Chasse à courre.*
4491. Giosuè Calaciura *Passes noires.*
4492. Raphaël Confiant *Adèle et la pacotilleuse.*
4493. Michel Déon *Cavalier, passe ton chemin !*
4494. Christian Garcin *Vidas* suivi de *Vies volées.*
4495. Jens Christian Grøndahl *Sous un autre jour.*
4496. Régis Jauffret *Asiles de fous.*
4497. Arto Paasilinna *Un homme heureux.*
4498. Boualem Sansal *Harraga.*
4499. Quinte-Curce *Histoire d'Alexandre.*
4500. Jérôme Garcin *Cavalier seul.*
4501. Olivier Barrot *Décalage horaire.*
4502. André Bercoff *Retour au pays natal.*
4503. Arnaud/Barillé/Cortanze/Maximin *Paris Portraits.*
4504. Alain Gerber *Balades en jazz.*
4505. David Abiker *Le musée de l'homme.*
4506. Bernard du Boucheron *Coup-de-Fouet.*
4507. Françoise Chandernagor *L'allée du Roi.*
4508. René Char *Poèmes en archipel.*
4509. Sophie Chauveau *Le rêve Botticelli.*

4510. Benoît Duteurtre — *La petite fille et la cigarette.*
4511. Hédi Kaddour — *Waltenberg.*
4512. Philippe Le Guillou — *Le déjeuner des bords de Loire.*
4513. Michèle Lesbre — *La Petite Trotteuse.*
4514. Edwy Plenel — *Procès.*
4515. Pascal Quignard — *Sordidissimes. Dernier Royaume, V.*
4516. Pascal Quignard — *Les Paradisiaques. Dernier Royaume, IV.*
4517. Danièle Sallenave — *La Fraga.*
4518. Renée Vivien — *La Dame à la louve.*
4519. Madame Campan — *Mémoires sur la vie privée de Marie-Antoinette.*
4520. Madame de Genlis — *La Femme auteur.*
4521. Elsa Triolet — *Les Amants d'Avignon.*
4522. George Sand — *Pauline.*
4523. François Bégaudeau — *Entre les murs.*
4524. Olivier Barrot — *Mon Angleterre. Précis d'Anglopathie.*
4525. Tahar Ben Jelloun — *Partir.*
4526. Olivier Frébourg — *Un homme à la mer.*
4527. Franz-Olivier Giesbert — *Le sieur Dieu.*
4528. Shirley Hazzard — *Le Grand Incendie.*
4529. Nathalie Kuperman — *J'ai renvoyé Marta.*
4530. François Nourissier — *La maison Mélancolie.*
4531. Orhan Pamuk — *Neige.*
4532. Michael Pye — *L'antiquaire de Zurich.*
4533. Philippe Sollers — *Une vie divine.*
4534. Bruno Tessarech — *Villa blanche.*
4535. François Rabelais — *Gargantua.*
4536. Collectif — *Anthologie des humanistes européens de la renaissance.*
4537. Stéphane Audeguy — *La théorie des nuages.*
4538. J. G. Ballard — *Crash!*
4539. Julian Barnes — *La table citron.*
4540. Arnaud Cathrine — *Sweet home.*
4541. Jonathan Coe — *Le cercle fermé.*
4542. Frank Conroy — *Un cri dans le désert.*
4543. Karen Joy Fowler — *Le club Jane Austen.*
4544. Sylvie Germain — *Magnus.*
4545. Jean-Noël Pancrazi — *Les dollars des sables.*

4546. Jean Rolin — *Terminal Frigo.*
4547. Lydie Salvayre — *La vie commune.*
4548. Hans-Ulrich Treichel — *Le disparu.*
4549. Amaru — *La Centurie. Poèmes amoureux de l'Inde ancienne.*
4550. Collectif — *« Mon cher papa... » Des écrivains et leur père.*
4551. Joris-Karl Huysmans — *Sac au dos* suivi de *À vau l'eau.*
4552. Marc-Aurèle — *Pensées (Livres VII-XII).*
4553. Valery Larbaud — *Mon plus secret conseil...*
4554. Henry Miller — *Lire aux cabinets.*
4555. Alfred de Musset — *Emmeline.*
4556. Irène Némirovsky — *Ida* suivi de *La comédie bourgeoise.*
4557. Rainer Maria Rilke — *Au fil de la vie.*
4558. Edgar Allan Poe — *Petite discussion avec une momie et autres histoires extraordinaires.*
4559. Madame de Duras — *Ourika. Édouard. Olivier ou le Secret.*
4560. François Weyergans — *Trois jours chez ma mère.*
4561. Robert Bober — *Laissées-pour-compte.*
4562. Philippe Delerm — *La bulle de Tiepolo.*
4563. Marie Didier — *Dans la nuit de Bicêtre.*
4564. Guy Goffette — *Une enfance lingère.*
4565. Alona Kimhi — *Lily la tigresse.*
4566. Dany Laferrière — *Le goût des jeunes filles.*
4567. J.M.G. Le Clézio — *Ourania.*
4568. Marie Nimier — *Vous dansez ?*
4569. Gisèle Pineau — *Fleur de Barbarie.*
4570. Nathalie Rheims — *Le Rêve de Balthus.*
4571. Joy Sorman — *Boys, boys, boys.*
4572. Philippe Videlier — *Nuit turque.*
4573. Jane Austen — *Orgueil et préjugés.*
4574. René Belletto — *Le Revenant.*
4575. Mehdi Charef — *À bras-le-cœur.*
4576. Gérard de Cortanze — *Philippe Sollers. Vérités et légendes.*
4577. Leslie Kaplan — *Fever.*
4578. Tomás Eloy Martínez — *Le chanteur de tango.*

4579. Harry Mathews	*Ma vie dans la CIA.*
4580. Vassilis Alexakis	*La langue maternelle.*
4581. Vassilis Alexakis	*Paris-Athènes.*
4582. Marie Darrieussecq	*Le Pays.*
4583. Nicolas Fargues	*J'étais derrière toi.*
4584. Nick Flynn	*Encore une nuit de merde dans cette ville pourrie.*
4585. Valentine Goby	*L'antilope blanche.*
4586. Paula Jacques	*Rachel-Rose et l'officier arabe.*
4587. Pierre Magnan	*Laure du bout du monde.*
4588. Pascal Quignard	*Villa Amalia.*
4589. Jean-Marie Rouart	*Le Scandale.*
4590. Jean Rouaud	*L'imitation du bonheur.*
4591. Pascale Roze	*L'eau rouge.*
4592. François Taillandier	*Option Paradis. La grande intrigue, I.*
4593. François Taillandier	*Telling. La grande intrigue, II.*
4594. Paula Fox	*La légende d'une servante.*
4595. Alessandro Baricco	*Homère, Iliade.*
4596. Michel Embareck	*Le temps des citrons.*
4597. David Shahar	*La moustache du pape* et autres nouvelles.
4598. Mark Twain	*Un majestueux fossile littéraire* et autres nouvelles.
4600. Tite-Live	*Les Origines de Rome.*
4601. Jerome Charyn	*C'était Broadway.*
4602. Raphaël Confiant	*La Vierge du Grand Retour.*
4603. Didier Daeninckx	*Itinéraire d'un salaud ordi naire.*
4604. Patrick Declerck	*Le sang nouveau est arrivé. L'horreur SDF.*
4605. Carlos Fuentes	*Le Siège de l'Aigle.*
4606. Pierre Guyotat	*Coma.*
4607. Kenzaburô Ôé	*Le faste des morts.*
4608. J.-B. Pontalis	*Frère du précédent.*
4609. Antonio Tabucchi	*Petites équivoques sans importance.*
4610. Gonzague Saint Bris	*La Fayette.*
4611. Alessandro Piperno	*Avec les pires intentions.*
4612. Philippe Labro	*Franz et Clara.*

4613. Antonio Tabucchi — *L'ange noir.*
4614. Jeanne Herry — *80 étés.*
4615. Philip Pullman — *Les Royaumes du Nord. À la croisée des mondes, I.*
4616. Philip Pullman — *La Tour des Anges . À la croisée des mondes, II.*
4617.Philip Pullman — *Le Miroir d'Ambre. À la croisée des mondes, III.*
4618. Stéphane Audeguy — *Petit éloge de la douceur.*
4619. Éric Fottorino — *Petit éloge de la bicyclette.*
4620. Valentine Goby — *Petit éloge des grandes villes.*
4621. Gaëlle Obiégly — *Petit éloge de la jalousie.*
4622. Pierre Pelot — *Petit éloge de l'enfance.*
4623. Henry Fielding — *Histoire de Tom Jones.*
4624. Samina Ali — *Jours de pluie à Madras.*
4625. Julian Barnes — *Un homme dans sa cuisine.*
4626. Franz Bartelt — *Le bar des habitudes.*
4627. René Belletto — *Sur la terre comme au ciel.*
4628. Thomas Bernhard — *Les mange-pas-cher.*
4629. Marie Ferranti — *Lucie de Syracuse.*
4630. David McNeil — *Tangage et roulis.*
4631. Gilbert Sinoué — *La reine crucifiée*
4632. Ted Stanger — *Sacrés Français ! Un Américain nous regarde.*
4633. Brina Svit — *Un cœur de trop.*
4634. Denis Tillinac — *Le venin de la mélancolie.*
4635. Urs Widmer — *Le livre de mon père.*
4636. Thomas Gunzig — *Kuru.*
4637. Philip Roth — *Le complot contre l'Amérique.*
4638. Bruno Tessarech — *La femme de l'analyste.*
4639. Benjamin Constant — *Le Cahier rouge.*
4640. Carlos Fuentes — *La Desdichada.*
4641. Richard Wright — *L'homme qui a vu l'inondation* suivi de *Là-bas, près de la rivière.*
4642. Saint-Simon — *La Mort de Louis XIV.*
4643. Yves Bichet — *La part animale.*
4644. Javier Marías — *Ce que dit le majordome.*
4645. Yves Pagès — *Petites natures mortes au travail.*
4646. Grisélidis Réal — *Le noir est une couleur.*
4647. Pierre Senges — *La réfutation majeure.*

4648. Gabrielle Wittkop	*Chaque jour est un arbre qui tombe.*
4649. Salim Bachi	*Tuez-les tous.*
4650. Michel Tournier	*Les vertes lectures.*
4651. Virginia Woolf	*Les Années.*
4652. Mircea Eliade	*Le temps d'un centenaire* suivi de *Dayan.*
4653. Anonyme	*Une femme à Berlin. Journal 20 avril-22 juin 1945.*
4654. Stéphane Audeguy	*Fils unique.*
4655. François Bizot	*Le saut du Varan.*
4656. Pierre Charras	*Bonne nuit, doux prince.*
4657. Paula Fox	*Personnages désespérés.*
4658. Angela Huth	*Un fils exemplaire.*
4659. Kazuo Ishiguro	*Auprès de moi toujours.*
4660. Luc Lang	*La fin des paysages.*
4661. Ian McEwan	*Samedi.*
4662. Olivier et Patrick Poivre d'Arvor	*Disparaître.*
4663. Michel Schneider	*Marilyn dernières séances.*
4664. Abbé Prévost	*Manon Lescaut.*
4665. Cicéron	*« Le bonheur dépend de l'âme seule ».* Tusculanes, *livre V.*
4666. Collectif	*Le pavillon des Parfums-Réunis.* et autres nouvelles chinoises des Ming.
4667. Thomas Day	*L'automate de Nuremberg.*
4668. Lafcadio Hearn	*Ma première journée en Orient* suivi de *Kizuki le sanctuaire le plus ancien du Japon.*
4669. Simone de Beauvoir	*La femme indépendante.*
4670. Rudyard Kipling	*Une vie gaspillée* et autres nouvelles.
4671. D. H. Lawrence	*L'épine dans la chair* et autres nouvelles.
4672. Luigi Pirandello	*Eau amère.* et autres nouvelles.
4673. Jules Verne	*Les révoltés de la Bounty* suivi de *maître Zacharius.*
4674. Anne Wiazemsky	*L'île.*
4675. Pierre Assouline	*Rosebud.*

Composition Nord Compo
Impression Novoprint
à Barcelone, le 20 février 2008
Dépôt légal : février 2008

ISBN 978-2-07-034352-2. / Imprimé en Espagne.

148263